# 純愛なのさっ！

小川いら

CHOCOLAT
NOVELS
HYPER

「勘弁しろよぉ、頼むからやめてくれよぉ」
　必死で制服のシャツの前を押さえ込むが、そんな正樹を見ながらクスッと笑いを漏らす。そして、シャツを押さえているならばと今度は制服のズボンに手を伸ばしてきた。

イラスト／高松由尚

# 純愛なのさっ!

小川いら

HYPER H

◇
◆
◇

「あ～、ゆかり？　俺、正樹《まさき》だけど。今日さ、ちょっと行けないから。そいじゃね」

　いきなりガールフレンドとの約束をキャンセルした篠原《しのはら》正樹は、ゴメンの一言もなく携帯を切った。

「おいおい、ゆかりちゃんって先週つき合い出したばっかの子じゃん。もうキレんの？」

　下校の用意をしてロッカールームへ向かう途中、隣を歩いていた友人の良一《りょういち》が呆れたようにたずねる。そんな言葉に正樹はひょいと肩を竦めてみせると、携帯を制服のポケットに押し込んだ。

「お前さ、ちょっと見てくれがいいからって、そうやってオンナばっか泣かせてたら、そのうち後ろからナイフで刺されんぞ」

　ぶっそうなことを言うなと思ったが、正樹にはそうされてもしょうがないと思い当たる別れ方をした女の子が大勢いる。今のゆかりちゃんを含めて、ざっと数えただけでも両手の指では足りない。

「そうは言うけどさ、最近のオンナって見てくれればっかで、ちょっとつき合っただけでもうダメなんだよな。なぁ〜んにも考えてねぇし、男にたかることばっか企んでるしよ。俺は自分のためにバイトしてんの。オンナのバッグやアクセサリーを買うためじゃねぇのよ」

正樹が溜息混じりに言うと、横でロッカーから靴を取り出した良一がもっと深い溜息を吐きながら言い返す。

「俺なんか、そのバッグやアクセサリーを散々貢がされても、まだキスもさせてもらえねぇんだぞ。チクショー、世の中どこまでも不公平だよなぁ」

そんなことを言われても、「いい男に生まれてきてごめんなさい」と謝るわけにもいかない。

それに良一が必死で口説いているのは、四つも年上の大学生で、とりまきが何人もいるような美人のお姉様だ。高望みしている本人が悪いとはいえ、たった今ゆかりと別れた正樹にはキスする相手もいない。頑張り次第では好きな人にキスして、もっといいこともできちゃうかもしれない良一の方がずっと羨ましいような気がする。

「ああ、どっかにいいオンナいないかなぁ」

「お前みたいな宇宙一わがままで、贅沢な男のメガネにかなうようなオンナがそうそういてたまるもんかっ」

正樹の心からの呟きに、良一の吐き捨てるような言葉が返ってきた。が、そんなものはどこ吹く風で、男子校である校内を一歩出るなりもう目がオンナを探してしまう。

学校の正門ではカレシを待っている女の子達がいることもある。そんな中で可愛い子がいれば、すかさず声をかけてやろうと企んでいたりする。

これじゃ別れた女の子ばかりでなく、同じ学校の男子生徒に刺されても不思議じゃない。でも、取られる方が悪いっていうのが正樹の言い分。

正門を出るなりさっと辺りを見回したが、あいにく今日は女の子がいない。ただ、正門の大きな柱にもたれて、ポツンと一人で立っている少年ならいた。近隣の私学、明峰《めいほう》学院の制服を身につけている。

「おいっ、あれ誰だ？」

そんなことを聞かれても困るとばかり、良一が眉根を寄せる。

「俺が知るかよ。なんだよ、男じゃん。誰かのダチじゃねぇの？」

「メッチャ可愛くねぇ？」

「だから、男だってばよ」

「そんなもん見りゃわかるって。男であそこまで可愛いのは滅多にいないだろーがっ」

正樹にきっぱり言われて、改めて少年を見た良一が納得とばかり頷いている。実際、それほどに可憐なのだ。

華奢な体と愛らしい顔立ち。それだけじゃない。いまどきのばっちりメイクの女の子にはないような清楚さが彼にはある。遠目にもわかるほど大きな瞳や、小作りな赤い唇がなんとも言えずに男心をくすぐる感じ。

「で、誰よ？　あいつ」

「だから、知らねぇって。初めて見るな、あんな奴」

二人して、誰だ、知らないとやりとりしているとき、校内から一人の男が出てきた。それは正樹の隣のクラスの高山《たかやま》明《あきら》。

正門で誰かを待っている美少年とはまったく別の意味で、やたら人目を引く奴。背は高いわ、ガタイはいいわ、いかめしいほど男っぽい面構えだわ。おまけに成績も学年で五位以下に落ちたことのない秀才だ。

「あっ、高山だ」

良一の言葉に、正樹はムッとしたように眉を吊り上げる。

「言われなくてもわかってるよ」

隣のクラスなので、体育の合同授業では顔を合わせているが、正樹にとって高山明は友達になりたいような奴じゃない。

（だいたいさ、俺より面がいいってのが、気にくわないんだよっ）

女の子には不自由したことはない正樹だが、高山明のそばに立てば自分の魅力が霞んでしまうとわかっていた。

男にだって、心の中に抱いている理想の顔とか体ってものがある。あんな風に生まれていれば、あんな容姿だったらと、正樹が密かに憧れる要素を全部持っているのが高山 明なのだ。自分のような雰囲気的にイケてるっていうタイプじゃない。顔や体のパーツすべてが整っていて、それを合わせてみれば、なるべくしていい男になってしまったってな顔。

（親の顔が見てみたい…）

というのは、こういうときにも使う言葉だなんて思わせてくれた奴。

そんな高山 明に特定の彼女がいるなんて話は聞いたことはない。正樹の方がずっと軟派で通っているし、高山 明を交えて合コンをしたとしても、あいつより多くの女の子をゲットする自信はある。がっ、それでも、やっぱり高山 明の容姿は羨ましい。

（チクショー…）

逆恨みとはいえ、心の中で呟いている分には問題なしとばかり、何度も悪態をついてやる。すると、その高山 明が正樹の心の叫びを聞き取ったかのように、チラッとこちらを見た。

（俺の理想の面でこっち向くんじゃねぇっ。よけい腹が立つ）

反射的に正樹がプイッと横を向いてしまうと、隣にいた良一が「あっ」と声を上げた。

「あれ、あの美少年は高山を待ってたのかよ」

「何っ！」

その言葉に思わず視線が戻ってしまった。見れば、高山 明は美少年の肩を軽く叩いたかと思うと、いかにも親しげな様子で話をしている。

普段はスカしてんじゃねぇやと陰口の一つもたたきたくなるような愛想のない奴が、美少年に向かってにっこりと優しそうに微笑んでいるのだ。美少年の方もいかにも心を許した様子で、甘えるように高山の腕にもたれかかっていたりする。

「あれって、どういう関係だよ？」

思わず唸るような声でたずねたら、良一が困ったように答える。

「俺が知るわけないだろ。俺だって高山と親しいわけじゃないんだからさ」

「まさか、つき合ってるなんてことはないよな？」

「だか～ら、知らんと言ってんだろーがっ！　そんなに知りたきゃ、自分で聞いてこいっ」

キレた良一にそう言われて、それもそうだと正樹が頷く。

「よし、そうするか」

と言ったものの、なぜか足がその場から動くことを拒んでいた。見れば、高山 明とその美少年は今にもキスしかねないほどに頬を寄せあって話している。

それもチラチラと正樹の方を向いては笑みなんか漏らして、内緒話をしているのである。さすが

に正樹も気まずくて、声をかけるにかけられない。

「おい、どうしたよ？　固まってないでさっさと聞いてこいよ」

「お、おうよっ！」

と、威勢がいいのは返事だけ。そうこうするうちに高山　明と美少年は恋人同士のように肩を寄せ合ってその場を去って行く。

「おいおい、どうしたよ？　行っちまうぜ。いいのか？」

「お、おうよっ…」

そんなやりとりをしている間にも、二人の姿が道の向こうへと消えてしまった。クルリと良一の方へ向き直った正樹が言う。

「明日、聞くことにする…」

「なんだよ、それはぁ～」

根性がねぇなと言いたそうな良一から視線を逸らし、正樹は乾いた笑いを漏らした。

聞けって言われても、そもそも高山　明は苦手だ。せっかくあんなとびきりの美少年を見つけたのに、よりにもよって高山　明と寄り添っているなんて最低。

もし、二人の関係を聞いて「つき合ってる」なんてヌケヌケと答えられたら、それはかなりショック。寄り添う姿が似合っている二人だけに、文句のつけようがない。そんなことを考えると、ちょっとは心の準備がいるだろうと、いつになく慎重になってしまう。

「じゃ、明日ちゃんと聞けよ」

「おう、聞くさ」

良一に念を押されて胸を叩いて答えたものの、スゴスゴ帰宅の途についた正樹だった。

◇◆◇

「やっぱり、可愛いよなぁ」

通学途中の満員電車の中で正樹がそう呟くと、そばにいた見知らぬ女子高生がポッと頬を染めていた。

（お前じゃねぇよ…）

呆れたように腹の中で吐き捨てて、昨日の下校時に見かけた美少年を思い出す。

昨夜じっくりとベッドの中で考えたが、あの美少年ならオーケーだ。何がと言えば、もちろん「エッチも」という意味。

抱き締めて、いい気持ちになるのに男も女も関係ない。女の子は正直言って飽きた。今度つき合うならあの美少年しかいない。と、どこまでも自分の都合でしかものごとを考えていない。

あの美少年を抱き締めて、女の子を口説くときのような言葉で身も心もトロトロにさせてしまって、いけないことをいっぱいしてしまいたい。

女の子と違って、どんな反応をするんだろう。自分と同じ体の構造なのに、でも自分とは違う。まるで小動物のように恥ずかしそうに震え、潤んだ瞳で正樹を見上げ、それでもモノ欲しそうにしている欲望を隠しきれない。

(すげぇ、いいかも〜)

ああいう小さくて、可愛くて、はかなげな子を見ると心がくすぐられるような庇護欲が湧いてくる。と同時に、ちょっと虐めて泣かしてみたいって気にもなるから、人間ってどこまでも自分勝手なもの。

一人前に股間を固くさせながら、我慢するのもつらそうな顔で見上げられたら、やっぱり無体なことの一つもしたくなる。

『可愛い顔してても男なんだよな』

なんて言って、プルプル震えて先走りをこぼしているそこを撫でてやる。それもうんとじらした方法で。

『あっ、ダメッ。そんな風にしないで』

とは言いながらも腰を突き出す様を見て、意地悪く笑ってやる。

『うんと気持ちよくしてやるから、その前にやってくれる？』

『やるって…？』

困ったように首を傾げながら、怯えたような表情でこちらを見つめる黒くて大きな瞳。戸惑っている様子は震えるまつげを見ていてもよくわかる。

『もちろん、口でやるんだよ』

『そ、そんなこと、できないよ。やったことないもん…』

『できないことないさ。ちゃんと教えてやるよ。ほら、口を開いて、舌を出して』

そして、俺は自分のちょっと自慢のモノを引っぱり出してきて、彼の鼻先につきつけてやる。ハッとしたように目を見開いてそれを見た後、真っ赤になってすぐに目を閉じてしまう姿を楽しんだら、顎を支えてゆっくりと顔を持ち上げてやる。

『ほら、ちゃんとやらなきゃ、俺だっていいことしてやらないぜ。それでもいいのか？』

『い、嫌だ…。意地悪言わないで。ちゃんとするから…』

そして、小さな口をいっぱいに開いて俺の股間に顔を埋める。恐る恐る舌を差し出して、先端の部分をアイスでも嘗めるように刺激する。でも、それだけじゃ足りない。もっと夢中でやってもらわなきゃおもしろくない。

『ほら、奥までくわえて』

髪をつかんでちょっと乱暴に揺すってやると、苦しそうな喘ぎ声を漏らしながら一緒に涙も流していたりして。それでも容赦なく俺のモノを押し込んで、さらに泣かせる。

《俺ってキチク～》

そう思いながらもやめられない。そして、そのうち自分も我慢できなくなって…。

と、こんな具合に、あの子のことを考えただけで驚くほどにバッチリ抜けた。

とりあえずはフェラだけだったが、そこから先は正樹にしても未知の世界。男とやるにはどうすりゃいいかわかっちゃいるが、どんな感じなのかはまだわからない。わからないだけに夢は広がる。それもいい方へばかり。

あの美少年が甘い声で泣きながら「もっと」なんてねだる姿を考えたら、思わず今いる場所も忘れて身悶えてしまう。

(くぅ～、やっぱりたまらんなぁ)

想像しただけでもまた涎が落ちそうだ。指だって怪しげに動いてしまう。ついでに良一の「節操なし」という声まで聞こえた気がした。

そのとき、電車は正樹の学校の最寄駅に到着して車内のアナウンスが流れる。車両の真ん中でぼんやり妄想に浸っていた正樹がハッと我にかえる。

「下りますっ、下りるっ」

慌ててそう叫ぶと、正樹はそばで勝手に頬を染めて、もじもじしていた女子高生を平手で押しのけるようにして電車を下りた。


その朝のショートホームルーム終了後、正樹は席を立つと、ほんの五分の休憩時間に隣のクラスへと駆け込んだ。

良一に煽られる前にとっとと行動してしまうのも、すべてはあの美少年への思い入れの深さ故。

「高山 明がなんぼのもんじゃ」と正樹は乗り込んで行く。

確かに奴はいい男だが、今風で、女の子受けするのは自分の方だという自信がある。

清潔感の溢れる涼しげな面、ほどよく崩しのきいたスタイル。身長は百七十にちょっと足りてないが、なによりも手足の長さと、体型のバランスの良さなら決して高山 明にだってひけを取らないはずだ。

髪はヘアカットモデルをかねて、ファッション雑誌でも人気の高い美容師である従兄弟に切ってもらっている。彼のところにいけばいつでも最新の髪型にしてもらえるが、今はとりあえず学校の規則に触れないよう、軽いナチュラルパーマをかけて色を抜いている程度。

その従兄弟の紹介でメンズ雑誌のモデルのバイトもやっているので、女の子の目を引くようなファッションだってわかっているつもり。おかげさまで食っちゃった女の子は山ほどいるが、今はとにかくあの美少年に夢中だ。

「高山ぁ～、高山 明ぁ～」

隣のクラスの扉を開けるなりそう叫んだ。すると、クラスの連中が一斉に正樹を見て、すぐに高山 明の方へと視線を向ける。

当の高山 明は教室の窓際の一番後ろの席にいた。そして、正樹の方を見ると一瞬ハッとしたような表情を浮かべたが、なぜかそのまま窓の方へと向いてしまった。正樹なんかに興味はないって態度なのかもしれない。が、ここで失礼なとキレていたら話が始まらない。

「おい、高山、ちょっと聞きたいことがあるんだけど」

「何?」

高山 明は窓から外を見たまま、頬杖をついている。とっても不遜な態度なんだが、その頬が少し赤いような気がするのはなぜ…?

「聞きたいことってのは他でもない。昨日お前が正門で会ってた美少年って誰よ?」

ズバリ、単刀直入だった。それを聞いた高山は小さな声で「えっ」と言ったかと思うと、みるみる険しい表情になった。何かマズイことを聞いてしまったかなとは思ったが、いまさら引けない。

「なぁ、あれってお前の知り合いなんだろ？　誰？」

重ねて聞いた正樹の言葉を耳にして、周りにいた高山 明のクラスの連中も一斉に息を飲んで奴の答えを待っている。

どうやら昨日の放課後、例の美少年に心奪われた奴は少なくなかったらしい。聞きたくても聞けないことを正樹が聞いてくれたので、チャンスとばかりに聞き耳を立てている。

正樹は他の連中においしい情報を譲ってたまるもんかと、体をズズイッと擦り寄せる。すると、高山 明がビクッと体を震わせたのがわかった。男に擦り寄られて気持ちが悪いとでも言いたいんだろうか。が、それはお互い様とばかり、もう一度奴の耳元でたずねた。

「おい、教えろよ。昨日の美少年とお前はどういう関係なんだ？　まさか恋人同士とか言うんじゃないだろうな？」

その言葉を聞くと、高山 明は視線を窓の外から正樹へ向けた。はっきりと意志の強そうな瞳と、やや大きめの口元がすごくセクシーでドキッとさせられる。

「そんなことあるわけない」

そう言った言葉は正樹にだけ聞こえるような小さな声だった。正樹はさらに身を乗り出してたずねる。

「だったら教えてくれよ。あれ誰？　友達？　明峰の制服着てたよな。学年は？　やっぱり一年？　住んでるところとか知ってんのか？　携帯の番号とかは？」

興味津々で矢継ぎ早に聞く正樹に、チラァ〜と意味深な視線が向けられる。

「知りたいか？」

知りたいに決まってるから、正樹はコクコクと頷く。が、高山 明はいかにももったいつけた様子でフフンと鼻を鳴らすと、またそっぽを向いてしまった。

何か企んでいそうなその表情が気にはなったが、とにかく今はあの子のことが知りたい。

「なんだよー、ケチケチせずに教えろよー」

思わずだだっ子のような声を出してしまい、自分でもしまったと思った瞬間、高山 明がプッと吹き出していた。そして、こんな顔もできるんだというような人懐っこい笑みを浮かべたかと思うと言った。

「だったら、放課後うちに来いよ」

「えっ？」

なんでいきなりそうなる？　正樹が首を傾げてみせると、高山 明はさらに言った。

「知りたいんだろ？　教えてやるから、来いよ」

自分の理想としている顔が微かに笑みを浮かべ、囁くように言う。不覚にもちょっぴり胸をときめかしてしまい、自分で自分にダメじゃんと突っ込んでしまう。それでも、やっぱりあの美少年のことは知りたかった。

「本当に、本当だろうな？」

無理矢理険しい表情を作った正樹が念を押して聞くと、高山 明は安心しろとばかり、やたら親しげに正樹の肩をポンポンと叩いた。

「じゃ、放課後な」

「あ、うん…」

叩かれた肩がなんだかぽわんと暖かいような気がして、正樹はちょっと不思議な気分で自分の教室へ戻って行った。


放課後になると、帰り支度をしている正樹のところへ良一がやってきて聞いた。

「本気で行く気かよ？」

昨日は自分で聞いてこいと正樹を煽っていた奴が、今日は手の平を返したように少し心配顔でたずねてくる。

「行くよ。だって、俺、本気であの子のこと知りたいもん」

「それにしたって、なんで高山 明の家に行かなくちゃなんないわけ？　知らねぇぞ、そんな真似してどうなってもよ」

「どうなってもって、どうなるってぇの？」

べつに高山 明に個人的な怨みを買った覚えもないし、なんの心配があるというんだ。正樹が首を傾げて聞くと、良一がちょっと声を潜めて教えてくれた。

「お前は今まで女オンリーだったから知らんだろうがな、高山 明は結構な人気者なんだぞ。特別親しくしてる奴はいないみたいだけど、奴と深いおつき合いをしたいと思っている人間は多いんだ。そういう連中から一斉に恨まれる根性あんのか？　明日の朝、ロッカーにカミソリ入りの手紙が入ってたりしてな」

それは初耳だ。男子校では疑似恋愛的に男同士でそういう関係になる奴もいるらしいが、正樹にとってはまさしくアナザーワールド。

いくら高山 明が人気者と言われても、自分にとっては恋愛対象にはなり得ない。あんなガタイのいい男を押し倒す趣味なんて正樹にはない。

それにしても、たかが家に遊びに行っただけで「カミソリ入りレター」はないんじゃないのか。そんな時代錯誤な真似をする奴がいたら、いっそその顔を見てみたい。

「キモ悪いこと言うなよなっ。第一、俺はホモじゃねぇぞ」

と言ったら、良一が眉をへの字にして、正樹の頬を平手でパシパシと軽く叩いた。

「お前、あいつんちに何しに行くんだよ？」

「もちろん、昨日の美少年の情報をだな…」

とそこまで言って、初めてアッと気がついた。

「…もしかして、俺もホモか？」

「ゆかりちゃんとつき合っていた一昨日までは知らんが、あの美少年を見初めた昨日からは間違いなくそうだろうな」

言われてみればそのとおりだ。思わず帰り支度の手が止まって、しばし考え込む。

昨夜、あの美少年を「おかず」にして、アレコレと妄想をした。そして、なんの疑問もなくバッチリ抜けた。ホモと言われればホモだが、べつに気持ち悪くはなかった。自分が抱かれるのは気持ち悪いが、自分が抱く分には相手が男でも女でもあんまり気にならない。とにかく可愛けりゃそれでいい。

「まっ、いいや、俺、ホモでも。俺が抱かれるわけじゃないし、あの子は可愛いし」

そう言うと、止まっていた正樹の手がまた動き出す。高山 明との待ち合わせは放課後、正門で。

さっさと行かなくちゃとばかり、腕時計を見た。

「やっぱり行くのか？」

「おうよ。学校の連中に何を言われたって、そんな誤解なんかすぐ解けるって。俺があの美少年と連れだって下校するようになったらそれまでよ」

すでにあの子を口説き落としてみせると自信満々の正樹に、良一が心底呆れたような顔で呟いた。

「お前なぁ、女の子を散々泣かせておいて、それじゃ飽きたらず男にまで手を出すなんて、今にバチが当たんぞ」

「誰が俺にバチを当てられるんだよ？　俺は宇宙一の正直者だぞ」

「己の欲望だけになっ！」

良一の言葉に正樹はケタケタと笑い声を上げて、高山　明の待つ正門へと急ぐのだった。

◇◆◇

「なぁ、お前んちって遠いの？」

高山　明の家へと向かう電車の中で正樹がたずねた。

「いや、電車で乗り換えなしの三十分だから、近い方だと思うけど」

それは確かに近い。私立の男子校で、国公立大学への進学率も悪くないから、近隣の県から一時間以上かけて通っている奴だって少なくない。正樹だって電車の乗り換え時間を入れると、一時間と少しかけて通学している。

「だったらバイトもしやすいよな。俺なんか平日はまとまった時間が取れないから、週末しかバイトできないんだよなぁ」

正樹がぼやくように言うと、すかさずなんのバイトをしているんだと聞かれた。

「俺の従兄弟が美容師なんだよ。その関係でヘアカットモデルとか、雑誌の素人モデルみたいなのをちょくちょくな。休みは潰れるけど、結構いい稼ぎにはなる」

「そうか。正樹は可愛い顔してるもんな」

モデルと聞いて納得したように言っているが、なぜいきなり呼び捨てなんだ？　正樹の方は「高山」と呼んでいるし、心の中ではご丁寧にもフルネームで「高山 明」と呼んでいたりするというのに。

それに、なぜ正樹に対する形容が「カッコイイ」じゃなくて「可愛い」なんだ？　ことと場合によっちゃケンカを売ってやりたいところだが、今は我慢だ。家にさえ行けばあの美少年の情報を教えてもらえる。

こうして一緒に電車に乗り込むまで何度もたずねてみたが、「つき合っている」という言葉がでないところをみると、高山 明とあの美少年の間に恋愛感情はないとみた。

おそらく知人、友人、あるいは従兄弟ってところか。いずれにしてもちゃっちゃと家に行って、さっさと情報を得て、あとは個人的に口説き落とすのみだ。そうしたら高山 明なんて関係ない。

(辛抱、辛抱。今だけ、今だけ…)

グッと怒りをこらえ、ヘラヘラと笑って調子を合わせておく。すると、なぜか高山 明の方も嬉しそうにヘラヘラと笑っていた。

どこかよそよそしくも、馴れ合ったように笑い合っている自分達の姿が電車の扉のガラスに映る。正樹より頭一つ背が高くて、見下ろすように見つめている瞳。高山 明に憧れて、仲良くなりたい奴が校内にも大勢いると良一は言っていたが、わからないわけじゃない。

理由はどうあれ、こうして一緒に下校していると、なんとなく心が弾むような気がする。こいつが本当に友達だったら、ちょっと自慢できるかなって思える、そんな男なのだ、高山 明は。

「ねぇ、あそこ見てよ。あの二人イケてない?」

「あっ、いや~ん、ホント。どこの制服? 背の高い方がメチャいいっ!」

「あの背の低い方の子、この間へアカタログで見たわ。モデルやってた子だよ」

下校途中の女子高生がこちらをチラチラと見ながら話しているのが耳に入る。正樹一人でもよく聞く言葉。雑誌の素人モデルのバイトのせいで、知らない女の子から声をかけられたり、こんな風に聞こえよがしに噂されるのはよくあること。でも、今日は高山 明と一緒だからいつも以上に人目を引いてしまっている。

（いい男だよな、確かに…）

と、ぼんやり明を見上げながらそんなことを考えているうちに、電車はいつの間にか目的の駅に着いていた。


「おじゃましまーす」

と言って、正樹は高山 明の家の玄関を入る。そして、その途端、正樹は目をむいて驚いた。

「おかえり～」

と笑って迎えてくれた少年。それはなんと例の美少年だった。

「うわっ！ なんで？」

彼を見るなりそう叫ぶと、脱ぎかけた自分の靴に足を取られて、玄関先でよろめいた。そんな正樹を支えながら、高山 明が美少年に向かってたずねる。

「光《ひかる》、母さんいる？」

光と呼ばれた彼はジーンズとトレーナーという普段着のうえ、いかにもくつろいだ様子で手にはポテチの袋を抱えている。

「ううん。母さんはパッチワーク教室。帰りは七時過ぎるってさ」

二人の会話を聞いていた正樹はハッと気がついた。

(もしかして、弟なのかっ?)

全然似ていないから考えもおよばなかったが、同じ家にいて気軽に呼び合っているということは、二人は血縁関係らしい。

彼は正樹を見るとニコッと笑って言った。

「いらっしゃ~い。篠原正樹君だよね?」

「へっ? なんで知ってんの?」

正樹が驚いて聞き返すと、高山 明がなぜか照れたように紹介する。

「そう、正樹だ」

また呼び捨てにされてムッとしたが、正樹の名前を聞いた途端、光の顔がパッと輝いた。

「そっか。明ったら、ついに告白したんだぁ。偉い、偉い」

光は背伸びをして手を伸ばし、ポテチを持っていない方の手で高山 明の頭を撫でる。

弟にしては生意気な仕草だが、それも可愛いから許せる。高山 明も同じように思っているのか、デカイ図体をちょっとかがめて素直に頭を撫でられていた。そして、突然正樹の方へ向き直ったかと思うと、改めて光を紹介してくれた。

「こいつは光。俺の双子の兄貴だ」

数秒の間をおいて、正樹が叫んだ。

「えぇーっ？？？？」

一瞬、正樹の脳味噌が真っ白になる。「双子」という存在は普通姿形がそっくり同じなんじゃないのか？　それに「兄」ってのはどういうことなんだ？

あんぐりと口を開けたまま高山　明と高山　光を交互に見る。

身長百六十五センチ程度。小柄で華奢で、茶色いポワポワの猫っ毛の髪と、大きな瞳が女の子のように愛らしく可憐なのが兄の光。片や身長百八十センチ近く。胸板も厚くがっちり体型、嫌味なくらいりりしく精悍で、髪も眉も真っ黒な明が弟なのか？

「に、似てねぇーっ！」

思わず叫んだ。

「ああ、僕達は二卵性だからね」

光にそう説明されて、そういう双子もあったなとようやく納得。が、

「なんでこっちが弟なんだ？」

明を指差して、改めて猛烈抗議をしてしまう。これは誰の目にも間違っているんじゃないのか？

「なんでって、光の方が先に生まれたからな」

「そうそう。戸籍上は僕が兄なんだよね」

なるほど、戸籍上ならしょうがない。が、それにしても、なんて不公平な栄養配分なんだろう。兄弟なんだから腹の中で仲良く養分を分け合えよと言いたい。

「今はこんなだけどさ、小学校四年生くらいまではそっくりだったんだよ。良かったら写真見せてあげようか?」

リビングに通されて、いきなり高山兄弟の成長のアルバムを見せられる。きちんと整頓されたアルバムを順番に見ていくと、確かに十歳くらいまでは見分けがつかないくらい似ていた。そして、どっちも砂糖でもまぶして食ってやろうかと思うほどに、小さくて可愛い。

(それがなんでこうなるよっ?)

アルバムから顔を上げてもう一度目の前の双子をじっくりと観察してみる。

確かに同じ母親から生まれてきただけあってよくよく見れば似てないこともない。顔の輪郭とか、耳や指の形なんかは似ている。が、サイズがあまりにも違う、違いすぎるっ。

(でも、待てよ…)

ひととおり驚いて冷静になってみると、今度は正樹の中にじんわりと喜びがこみ上げてきた。

兄弟ってことは、どうしたって恋愛関係にはなれないわけだ。

光を口説くのが目的の正樹にしてみれば、二人の関係がはっきりしたのだからこれで一安心。あ

ポテト
……!?

かかる。

とはじっくりと光に接近して、口説くばかり。そして、さっそく、光のプライベートを聞き出しにかかる。

「光君はなんで違う学校へ通ってんだ？」

光とは初対面ということで、「君」づけにしてみたら、同じ年だから光でいいよと言われた。なかなか気さくでいい感じ。どうやら性格も不愛想な弟とは随分と違うらしい。

「僕、高校では弓道部に入りたかったんだよね。明の学校には弓道部ないでしょ。だから、明峰学院を受験したんだ」

「俺は大学受験を考えて江南《こうなん》にした。双子だからって同じ学校に通う必要もないしな」

明がつけ加えたが、そんなことはどうでもいい。

「そっか。弓道やってんだ。細い腕なのに大変じゃない？」

「僕、こう見えても結構腕の力強いけどね」

そう言って、見るからに細い腕を持ち上げてトレーナーの袖をめくると、二の腕の筋肉を無理矢理盛り上がらせようとする。そんな仕草までなんとも言えずにキュート。

もう正樹には明なんて眼中にない。顔も体も完全に光の方へと向けて話を続ける。

「じゃさ、やっぱり部活のときは袴とか身に着けてやるわけ？」

「基礎トレのときはジャージだけど、道場ではそうだよ」

見てみたいっ。袴を脱がすのってどーよ。なんだか妙にエッチ臭くないか。正樹の頭の中でいけない妄想は広がるばかり。

そのとき、光を目の前にして一人盛り上がっている正樹の二の腕が突然引っ張られる。邪魔するんじゃないとそちらを見れば、明がものすごく恨めしげな目で睨んでいた。

「な、何？」

「俺の部屋に来いよ」

「なんで？」

「お前は俺の客だろ？」

そうなのか？　と自問してみれば、そうだったような気もするが、もうここへ来た目的は果たしてしまったからどうでもいい。それよりこのまま光と一緒にここでいろんなことを話していたい。

が、

「そうだよね。ごめん、ごめん。引き止めちゃって。僕、お茶入れて持って行くからさ、明の部屋へ行ってなよ」

光にそう言われたら、嫌とも言えない。明に強引に手を引かれ、光には追い立てられリビングを出た。

二階にある明の部屋は、元は隣の光の部屋と一つだったものを、中学になって二つに区切ったものだと言う。やや大きめのベッドが置かれていても圧迫感のない広い部屋だった。

「その辺に座れよ」

明に言われて正樹は鞄を床に置くと、濃紺のカバーのかかったベッドの上にドカリと腰かける。

「なぁ、この際だから正直に言っておくけど…」

正樹が自分の目的は光であると、明にきっぱり伝えておこうと思った、そのときだった。

「光は見てくれはああでもノーマルだし、彼女もいるからちょっかい出しても無駄だぜ」

いきなり言葉を遮られ、釘を刺すように言われてしまった。

「なんだよっ、それっ？」

「言葉どおりだ。光にちょっかい出すなって言ってんの」

お前に関係ないだろっと言いたいが、双子なら関係なくもないかと思わず口を閉じる。

それにしても、光に彼女がいるっていうのは本当なんだろうか。うるさそうな小舅の明より、問題はそっちの方だ。考えたらあれだけ可愛いんだから、女の子だって放っておかないだろう。きっと明とはべつの意味でモテるに決まってる。

フリーの子を口説くのは比較的簡単だが、つき合っている相手がいて、別れさせるとなると結構骨が折れる。さて、どうしたもんかと正樹は頭を抱えてしまう。

（まいったなぁ。彼女がいるとはなぁ…）

明のベッドの上ですっかり考え込んでいると、頭の上に大きな影が立ちはだかった。見上げると、そこには明が不遜な顔つきで仁王立ちしていた。

「何？」

「光とつき合うくらいなら、俺とつき合えよ」

突然の威圧的な申し込みにムッとすると同時に、首を傾げてしまう。

「はぁ？　なんでお前とつき合うんだよ？　俺は男だぞ。バカ言ってんじゃねぇよ」

「だったら光も男だぞ。それはバカじゃないのか？」

言われてみればそうだけど、そうじゃない。いくら双子でも明と光じゃ大違い。

光なら抱き締めて、キスして、押し倒したうえやりたいことはいっぱいあるが、明相手じゃ何もしたくない。って言うか、自分よりもガタイのいい、そして、イカした男をこの腕に抱き締めるような趣味もなければ、根性も勇気もない。

「だいたい、つき合うも何も、俺はお前のことなんかよく知らねぇもん」

目立つ奴だから入学した直後から存在は知っていたが、一年で隣のクラスになるまでは口をきいたこともなかったくらい。まともに面と向かって話をしたのだって、実は今朝が初めてだったのだ。

「俺は知ってたぞ。入学したときからずっとお前を見てた」

「えっ？」

意外な明の言葉に、正樹がポカンと口を開いたまま相手の顔を見上げた。入学したときからってことは、かれこれ一年半以上もってことか。ちょっとびっくりだ。

「お前ってさ、軽そうで要領も良さそうなのに、なんか見てると放っておけない気分にさせられるんだよな。こけそうでこけないってわかってんだけど、つい手を出したくなる。気になって見ていると、仕草とか表情も可愛いし。俺、最近じゃお前で抜けるもんな」

「抜けるって…?」

「毎晩おかずにさせてもらってる」

ニヤッとどこか照れたように、そのくせいやらしい顔で言われて、背筋にぞぞっと寒気が駈け上る。おかずってオナニーのかいっ！　それも毎晩っ！

「ちょっと待てっ！　許可なく勝手に俺で抜くんじゃないっ！」

思わず叫んだが、そういう正樹だって昨夜は許可なく光をおかずにして抜いた身である。勝手は承知でとにかくそれはやめろと叫ぶと、ベッドから勢いよく立ち上がった。

これ以上ここにいたら、この身に危険を感じる。明の方が自分より一回りはガタイがいいから、肉弾戦に持ち込まれたら絶対に負ける。すると、明が正樹の腕をでかい手でつかみ、睨みをきかせて見下ろすと言った。

「待てよ。人に告白だけさせて、返事はなしか?」

「返事ぃ？　返事はもちろん…」

ノーと言おうとしたが言えなくなった。

（こいつ、何しやがるっ！）

と腹の中で思いっきり毒づいたのは、キスされていたから。そして、唇を重ねたままずしっと体重をかけられて、ベッドへと押し倒されてしまった。

「んんっ～、んぅ～、んんんっ～」

声にならない呻きを漏らして大暴れするが、やっぱり体格の差は如何《いかん》ともしがたい。そして、重なった唇はどうやっても離れないどころか、一瞬の隙をついて舌までが潜り込んできた。

（うわーん、うわーん、うわーん）

あまりの出来事に思わず半ベソで目を見開けば、自分の理想の顔が飛び込んでくる。

欲情の色を浮かべて、うっとりとしているその表情がなんともセクシーで、一瞬ドキッとした。

正樹の股間が疼いて、甘ったるい気持ちが込み上げてくる。が、明の手がその股間に伸びてきたら、一瞬のときめきや疼きも、またまたパニックに変わってしまう。

「正樹、可愛いなぁ」

ようやく離れた唇が、言うにこと欠いてそんなセリフを吐いた。

「可愛いって言うなーっ！　男に可愛いって言われたくねぇーっ！」

他にも詰《なじ》るべきことはいっぱいあったが、とりあえずそう叫ぶと、正樹は渾身の力で明の腕を振りほどこうとした。

「なんだよ、暴れんなよ」

「暴れるにきまってるだろー」

がしっと両手を絡み合わせて、ベッドの上で睨み合いながらの攻防戦。負けたら最後、貞操の危機だ。正樹にすれば絶対絶命の大ピンチ。

そのとき、明の部屋の扉が開いて、お茶ののったトレイを手に光が入ってきた。

「何やってんの？」

ベッドの上でふざけてプロレスでもやっていると思ったのか、光はのんびりとそうたずねる。悠長なことを言っている光に向かって、正樹がまさに九死に一生を得たとばかり叫んだ。

「助けてくれっ！」

と同時に、なぜか明も叫ぶ。

「助けてくれっ！」

（えっ…？）

なんでお前がそう叫ぶと、正樹は明を上目使いで睨みつける。すると、明はヌケヌケと言ったのだ。

「おい、光、助けてくれよ。こいつったら暴れるから抱けないんだ」

◇◆◇

こいつが暴れるから抱けないってのは、どこをどうしたら出てくるセリフなんだろう？

あまりといえばあまりにも意外な明の言葉に、しばし動きも思考も止まった。が、次の瞬間ハッと我にかえった正樹が怒鳴る。

「何言ってやがるっ！　なんで俺がお前に抱かれなきゃならんのだっ」

メチャクチャな言いぐさに思わず怒りがこみ上げてきた。口説こうと思っていた光の前でとんでもないことを言い出され、さらにはこの醜態ともいえる格好。冗談じゃないとばかり、最後の力を振り絞って明の下から逃げ出そうとしたときだった。

「もう、しょうがないなぁ。明は口下手だからそういうことになるんだよ。ちゃんと好きって言ったの？」

そう言いながら光はトレイを机の上に置くと、なぜかベッドへきて座り、やんわりと正樹の手を押さえたのだ。

「な、な、なんで押さえるわけー？」

その真意が読みとれず不安になった正樹が必死でたずねると、にっこりと天使のような微笑みを浮かべながら言う。

「ほら、恥ずかしがらないで、おとなしくしようね。大丈夫、明はうまいからさ。まかせちゃって安心だよ」

そんな問題じゃないだろっとさらに大暴れを試みるが、か弱そうに見えた光に押さえ込まれた腕はピクッとも動かない。こう見えても結構腕力には自信あるんだと言っていた言葉は、どうやら嘘じゃなかったらしい。が、そんなことを確認したからってどうなる。なんの助けにもなりゃしない。

「や、やめてくれぇ～」

もう恥も外聞もなくそう叫んだら、今度は光の手で口を塞がれてしまった。そして、その合間にも明の手はせっせと正樹の制服を脱がしていく。シャツの前を開かれて、ズボンは足首まで下ろされ、さらに下着に手をかけられる。

それだけは勘弁してくれぇと叫んだつもりだが、押さえ込まれた口から漏れるのはモゴモゴとこもった声ばかり。

（こ、これじゃ、強姦じゃないかーっ！）

自分の人生にこんな災難がふりかかるなんて夢にも思わなかった。そのとき、ふっと良一の言葉が脳裏に蘇る。

『お前、今にバチが当たるぞ』

（これがそうなのか？）

これがそのバチなのかと思わずぎゅっと目を閉じる。その途端、ズルッと下着がズボンと同じように足首まで下ろされてしまった。二人の目の前に正樹の股間が晒される。

「あっ、ダメじゃん。明、ちゃんとやってあげないと、縮こまっちゃってるよ。可哀想に」

なんで好きな子にそんなことを言われなくちゃならないんだろう？

「あっ、本当だ。悪い、悪い。すぐよくしてやるからな」

なんで好きでもない奴によくしてもらわなきゃならないんだろう？

もう何がなんだかわからない。が、明の手が正樹のソレにそっと触れた瞬間、ゾクゾクと何かが体の中を駆け抜けた。

器用な手は前を擦りながら、もう片方の手で後ろの敏感なあたりをやわやわと撫であげてくる。

すると、正樹の股間は悲しいくらい正直に反応してしまう。

「んっ、んぐっ、んんん〜っ」

相変わらず口を押さえ込まれているので、叫ぶこともできずモガモガと呻いているばかり。一瞬離れた明の指が、今度はしっとりと濡れた感触とともに、また後ろに伸びてきたのがわかった。そして、ハッと息を飲んだ瞬間、その指先がつぷっと正樹の体の中に潜り込んできたのだ。

（うわーっ、うわーっ、や、や、やめてぇ〜）

と心の中で叫ぶと同時に、目を見開いた。そこにはとっても嬉しそうに正樹を愛撫している明の顔と、これまたとっても楽しそうに明に協力している光の顔。

（こ、こいつら、危ない…。危なすぎるぅ）

なんて、いまさら気づいても遅すぎる。明の指がまるで探るかのように少しずつ奥へ奥へと進んでくる。そして、その指がある場所を軽く引っかくように動いたとき、今度こそ自分でもはっきりとわかる快感が背筋を駈け上っていった。

「んんっ、あんっ…」

まるでタイミングを計ったようにその瞬間光の手が正樹の口から外れ、思わず甘えたような声が漏れてしまった。

「ああ、やっぱりいいんだね。同じ体だもんね、わかる、わかる」

光の勝手な納得に、そういう問題じゃないだろうと言い返したいが、もう頭も体もエッチモードにスイッチが入ってしまっていて、抵抗する気力がない。光に押さえられたままの腕もぐったりとして力がこもらない。

「可愛いなぁ、正樹は。ずっと可愛いって思ってたけど、こんなに素直に感じてくれるとは思わなかった。随分女の子と遊んでるみたいだったけど、結構ウブな体してんだな。すぐにイカせてやるから、もう少し辛抱な」

べつにウブな体なんかじゃないやいと言いたいが、男にこんな風にされて感じてしまうなんて思わなかった。

明の言葉にイヤイヤをしながらも、体の方はもう止まらなくなりそう。だから、必死で叫んだ。

「やだやだ、抜いて、指、抜いてくれよぉ」

「どうして？　痛くないように濡らしてから入れたぜ。それともまだイキたくないのか？」

「いや、イキたいっ、イキたいけどぉ…」

「だろ？　だったら素直に感じてろよ」

と言うなり、明が正樹の股間に顔を埋めた。

「ぎゃーっ」

どうしようもないほどに敏感になっている先端から、痛いくらいビンビンに伸び上がっている根本まですっぽりと明の口にくわえこまれて、悲鳴を上げた。

「やめろって、やめてっ、やめてくださーいっ！　や、やめてぇ…」

正樹のせっぱ詰まった叫びは懇願になり、やがて最後には甘い喘ぎになってしまった。

「イッちゃっていいんだよ。ほら、明だって飲みたいんだから、出しちゃいなよ」

光の誘惑の声が正樹の心をくすぐる。そして、

「あっ、ああっ…んんぁ…っ、あーっ」

甘い囁きが引き金になって、本当にイッてしまった。

頭の中が真っ白っていうのはまさしく今、この瞬間。ゼェゼェと息をきらしている自分自身が信じられない。

（イカされたぁーっ！）

明に口でくわえられてイカされてしまった。それも自分が好きな光の目の前で、あられもない声を上げてだ。

（ああっ、俺のバカッ！）

って泣いてもどうにもならない。気分はすっかり強姦されちゃった乙女。私が何をしたって言うのーっ、あんまりだわーってな気分。が、

「光、今度は足持っててくれる？　正樹って慣れてないみたいだし、また暴れると困るから」

「バックでやればいいじゃん。その方がお互い楽なんじゃないの？」

って、この双子は何について会話してんだ？　正樹が呆然としている頭を揺り起こす。

「だって、初めてはやっぱり顔を見てやりたいから」

ふぅーっと気が遠くなった。

「もう、欲張りなんだから」

とか言いながら、すっかりズボンも下着も取り去られた両足を、正樹の頭上から手を伸ばして膝裏から抱え上げる。光はちょっと呆れたような表情を浮かべながらも、やっぱり天使のように愛らしい。

そして、正樹の放ったものが飛び散った自分の手をペロリと長く赤い舌で嘗めながら、不敵な態度でこちらを見下ろしている明は、整った面構えながら悪魔のように恐ろしい。

「も、もう、もう、勘弁してよぉ」

なんて、ブルブルと体を震わせながら、自分のものとは思えない言葉を口にしたとき、ぬめった指が正樹の体の奥をまさぐった。

「うっ…」

そのひんやりとした感触にまた震えが起こる。

そして次の瞬間、立派すぎる明のイチモツが体の中へと入ってくるのを感じた。

「ひっ、ひぃあーっ」

「ほら、大丈夫、痛くないからね。息を吐いててごらんよ」

って言う光の言葉は、まるで注射を打つ看護婦さんの無責任な嘘そのもの。チクッとするだけよと言いながら、やっぱり注射は痛いって決まってる。

明の望むように足を押さえているばかりか、正樹の顔が明からよく見えるようにと、自分の膝にその頭を乗せて起こしてくれる光。

二人がかりで押さえ込まれ、あれよあれよと言う間に明に抱かれて、これがバチでなければなんなんだと聞きたい正樹だった。


「初エッチ、おめでとう。これからもどんなことがあっても僕は二人のことを応援するから。だって、弟の幸せは僕の幸せだもんね」

パチパチと拍手しながら、心からの笑顔で言っているのは光。

自分の弟の無体ぶりを非難しろよと言いたいが、しっかり喘いでイカされた正樹を見る目は、弟の恋人だと微塵の疑いも抱いていないうえ、慈しみに溢れている。

「正樹なら、絶対光にも認めてもらえると思ったんだ」

と言いながら、明の方は素っ裸の正樹の肩や背中にこれでもかとキスを繰り返している。

いったいなんでこんなことになったのか、今となっては頭が朦朧としていてよくわからない。光は正樹の頬の涙を拭いながら、優しく囁く。

「ほら、泣かないでね。これからは僕も正樹って呼んでいい？」

ベッドの隅で膝を抱えたまま答えないでいると、正樹の茶髪をツンツンと引っ張りながら光がもう一度たずねる。

「ねっ、いいよね？　明の恋人なら僕にとっても他人じゃないでしょ」

いや、他人で結構だ。少なくとも明とは。だから、いまさらとはいえ、言わなくちゃいられない。

「俺は明の恋人なんかじゃ…」

ないと言おうとして顔を上げたら、背中に張り付いていた明が思い出したように言った。

「あっ、そういや俺、まだちゃんと返事聞いてなかったけど、正樹は体で答えてくれたし、まぁ、いいか。とにかく、これで俺達は恋人同士だからな」

違うだろーっと叫びたい唇を今一度明の唇で塞がれた。悪夢はまだ始まったばかりだった。

◇◆◇

その朝、目が覚めた正樹は自分のベッドで思わず頭を抱えてみた。それからもう一度固く目を閉じて神様に祈ってみる。

（ああ、神様、お願い…）

そして数分後、ガバリを体を起こすと、まるで祈りの通じない神様に八つ当たりするように叫んだ。

「昨日のあれは夢じゃなかったのかよぉ～」

夢じゃない。下半身がなんとなくすっきりしながらも、ズンと重い。このちぐはぐさがまさしく男とやってしまった証拠。それでも、やった方ならいいんだ。でも、やられちゃったらシャレにならない。

ベッドの中でめっそり落ち込んでいると、階下から母親の声が聞こえてくる。

「正樹～っ。いつまで寝てるの？　学校休む気？　ズル休みだったらママは絶対学校に電話なんかしてあげないわよーっ」

今日休んだらズル休みなのか？　こんなにも身も心もくたびれきっているのに？

でも、その理由を聞かれたらどう答えたらいいんだろう。理由は死んでも言えないし、顔色が悪いわけじゃなく、熱があるわけじゃなく、ついでに腹の虫も鳴ってるから食欲がないわけでもない。

結局行くしかないとベッドから下りた。ワードローブから制服を引っぱり出してしぶしぶ鏡の前で着替え始める。が、ふと視線を上げたとき声にならない悲鳴を上げた。

(なんじゃ、こりゃー)

ってのは、鏡に映った自分の裸。その体中に散っている赤い小さな痕はまぎれもなく、昨日明がつけたキスマークだった。咄嗟に今日の時間割を思い出して焦る。

木曜日の三時間目には体育がある。こんな体でどうやって着替えたらいいんだ。もし明に抱かれたなんてことが学校でバレたらどうしたらいい。

学校を休むのは無理だけど、せめて体育の授業だけはどうにかして休まなければマズイ。

男に抱かれるのは絶対に嫌なんだけど、今日だけは女の子のように生理痛になっちゃいたい正樹だった。

「昨日は大丈夫だったか？　あれからちゃんと一人で帰れたのか？」

本当はズル休みしたかったのに嫌々学校にやってきてみれば、一番会いたくない男がさっそく会いにやってきた。それも一夜明けてものすごく馴れ馴れしい様子で。

(この野郎っ。ヌケヌケと現れやがってぇ)

と睨みつけてやるが、見ればやっぱりものすごくいい男だから嫌になってしまう。

そして、昨日の今日だというのに、案の定正樹が明の家に行ったことは学校中の噂になっていた。

改めて、良一の言っていた「高山 明は人気者」という言葉を思い知らされる。

昨日はほとんど半ベソのまま明に駅まで送ってもらったが、そこからは何がなんでも一人で帰ると言って、明の手を振り切った。

美少年を口説きに行ったはずが、自分が押さえ込まれて強姦されるなんて、誰にも言えないだけに悔しさは思い出すほどにつのる。

いや、ただ強姦されたならまだしも、悔しいことに気持ちよくイカされて、さらには突っ込まれてまたイカされた。一生の不覚っていうのはこういうことをいうんだなと実感。昨日の怒りが蘇ると、明の整った面構えがいつも以上に腹立たしい。

「朝っぱらから、お前の顔なんて見たくないっ」

そう叫んだ正樹の言葉に、クラスの連中がぎょっとして一斉に視線を向ける。その瞬間、まるで狙ったように明が正樹をぎゅっと抱き締めた。

「バカだな。深く考えなくても大丈夫だ。光だって認めてくれてるし、俺はそういうのって全然気にしないいんだ。だから、正樹も正直になればいいだろ?」

冗談でしょと言いたい。こっちはメチャクチャ気にするのだ。だから、クラス中が注目しているところで抱き締めたりするな。そして、そんな過激なことを口にするなと言いたい。ところが、明は本当に性別なんか気にしていないのか、さらに愛しそうに正樹のことを抱き締めると、頰を擦り寄せようとまでする。

「や、やめろぉ～」

必死で明の頬を引き離すが、クラスの連中はすでに唖然を通り越して、わけのわからないまま「おおっ」っと歓声を上げていた。

そして、ふと見れば、すぐそばにいた良一までが心なしか頬を染めて、「そうなってしまったのか」とその目で問いかけてくる。「なってねぇよ」と答えたいが、答えられないところが苦しい。

「離せよぉ。引っつくなよっ。俺はお前なんか、お前なんか…」

「俺なんか何？」

お前なんか嫌いだと言おうとしたときだった。明が正樹の耳元に唇を寄せて囁いた。

「今日もうちにこいよ。今日は光も部活で遅いし、二人きりでやろうぜ。また正樹が可愛く喘いでるのが聞きたいな」

いくら耳打ちしてるとはいえ、もし周りで聞き耳を立てている連中に聞こえたらどうしてくれるんだ。そうなったら、こいつを殺して自分も死ぬしかないぞと目を吊り上げて、拳も振り上げる。

クラス中の「やったのか？」、「本当にやってしまったのか？」という好奇心に満ちた視線。正樹は振り上げた拳を震わせる。ここでこれを振り下ろしたら、きっと明は言うんだろう。「なんだよ、昨日は抱かれて散々よがってイッたくせに」と。

（ヤバイよ、絶対言うよな、こいつなら…）

クラス中の疑いの眼差しはあくまでも疑いの段階だ。ここで明に決定的なことを叫ばれでもしたら、それこそおしまい。受け身のホモのレッテルを貼られて、この身の破滅。

力ずくで既成事実を作ってしまいやがった明は、その事実が学校の連中にバレて、ホモのレッテルを貼られることに抵抗がない。それどころか、むしろ自分から正樹と恋人同士だと吹聴したそうな気配。

（お前はいいよなー。抱いた方なら男としての面子がたつもんな。でも、俺はどーなるっ）

正樹と明の仲がすでに一線を越えているとバレたら、そのガタイからいっても絶対に正樹の方が抱かれたと皆が思うだろう。だって、その反対なんて自分だって想像できないんだから、他の連中が想像できるわけもあるまい。

自慢じゃないが、週替わりで違う女の子を連れていた正樹なのだ。連れて歩くのが美少年の光ならきっと胸を張ってホモだろーが、ゲイだろーが自慢していただろう。が、自分が抱かれて、連れて歩かれてどうするよ。

こうなったら疑いはあくまでも疑いのまま、うやむやにしておかなければならない。そのためにも、明の口を塞ぎ続けておくしかない。

正樹はプルプルと震える拳をやっとの思いで下ろすと、押し殺した声で言った。

「おい、ちょっとこいっ！」

すぐに朝のショートホームルームの鐘が鳴る時間。だが、そんなことには構っちゃいられない。とにかく、この明の馴れ馴れしい態度をどうにかさせなきゃ、このままじゃ正樹の人格の危機なのだ。

「おおっ、仲良しなのか？」

「やっぱり仲良しになってるぞ、あの二人」

「いつの間に…？」

そんな声を背中に受けながら、明を連れて教室を出て行く。

今でもこの調子なんだから、学校でずっとべったりされたら、どんどん噂に尾ひれがついていってしまうだろう。

噂が好きなのは女の子だけじゃないのだ。男子校の奴らだって笑える人の噂は大好き。正樹だってそうだけど、自分が噂の種になるのは真っ平ゴメンだ。

正樹が朝のショートホームルームをさぼって、明を連れてきたのは生物室。

生物教師がだらしない性格なので、ここはいつも鍵がかかっていないし、午前中のこんな時間に人はいない。秘密の話をするにはうってつけの場所だった。

ようやくそこで二人っきりになると、正樹は明に向かって唸るような声で言った。

「頼むから、人前で俺に過剰に構うな」

自分でもこれ以上できないってほど険しい表情を作っているつもりだったが、明から返ってきた返事はまるで緊張感がないものだった。

「なんで？」

いかにも腑に落ちないといった様子で、そんなことを言う。

「なんでってなぁ、学校中にあらぬ噂が飛び交っちゃ困るんだよ。このままいくと、俺は本当に学校へこられなくなるだろ」

「俺と恋人同士だって噂がそんなに嫌か？」

「誰と誰が恋人同士だってぇ？　勘弁しろよ、この強姦野郎っ！」

ヌケヌケと言う明に、ピキピキと額に血管が浮き上がるのがわかった。すると、明はデカイ図体に似合わない拗ねた子供のような顔をして言う。

「俺に抱かれて、あんなにいい声出して、三回もイッておきながらそういうことを言うのか？」

「三回じゃねぇだろっ。二回だ、二回っ」

認めたくないことを、指を二本立ててまできっぱり声高に言ってしまい、慌てて自分の口を押さえた。向かいで明がニヤリと笑う。

確かに、事実は事実で取り消しようもない。正樹は「はぁっ」と重い溜息を吐くと、目の前でまだニヤついている男に言い聞かせるように言葉を続ける。

「あのな、言っておくけど、俺の好きなのは光なの。お前じゃないっ」

「光には彼女がいるって言っただろ。諦めの悪い奴だな」

「それにしたって、光がダメだからお前とつき合うってのは違うだろーがっ」

「体の相性はいいだろ？」

そういう問題じゃなーいっと叫びかけて、それも問題だったなと思い直す。

「た、確かに、俺はお前にイカされてしまった。しょうがないから認めよう。二回イキました。ああ、そうですよ、きっちりイカせてもらいました。気持ちよくしてもらってありがとよ」

こうなったら開き直って、自分から恥ずかしい事実を認めてしまう。そして、さらに言う。

「でもな、お前も男なんだからわかるだろ？　あんなことされたら誰でもイクってぇの。健康な十六歳だぞ。触られて、握られて、擦られたら普通はイクだろ？」

「突っ込まれてもイッてたじゃないか」

ぐっと言葉に詰まる。嫌なところを突いてきやがると思わず顔をしかめるが、ここで負けているわけにはいかない。

「あ、あれも健康な十六歳ならではだっ」

「そんなわけないだろ」

明はそう言うと、呆れたように肩をひょいと竦めてみせる。そんなわけがあってもなくても、この際無視、無視。

「そんなに俺とつき合ってるって言われるのが嫌なのか？」

改めて聞かれて、改めて同じ答えを繰り返す。

「だから嫌なんだって。お前はいいさ。俺とつき合ってるって学校中にバレようが、まして、すでにやっちゃった関係だって知られたとしても、男としての面子はたつんだからな。でも、俺はどーなるんだよ。これでも週替わりで違う女を連れていたんだぞ。そんな俺がお前に抱かれてイカされたってバレたら…。俺は、俺は…、もう身の破滅だろぉ～」

もう縋るような気持ちで叫んだ。すると、明はクスッと笑って繰り返す。

「身の破滅なのか？」

「そう、身の破滅っ！」

と言い切ってから、数秒後だった。明がそういうことかと頷きながら、ニヤリと嫌な感じの笑みを浮かべる。そこで正樹はハッと気がついた。もしかして、今、自分の弱みを明に思いっきり晒してしまったんじゃないのか？

「身の破滅かぁ。そうか。じゃ、やっぱり正樹としては俺に黙っていてほしいわけ？」

言葉に詰まった正樹は、ぐっと下唇を噛みしめる。

短い人生の中で、自分がお利口だなと思ったことは悲しいほど少ないが、ここまでバカって思ったこともなかった。

「それって、お願いしてるのか？」

さらに明に確認されて、命令してるんだという気持ちは砕け散った。ものすごく不本意ながら、顔の前で両手を合わせて言った言葉といえば、

「お願いしますぅ…」

明は満足そうな笑みを浮かべて、ゆっくりと胸の前で腕を組んでみせる。そして、いかにも呆れたというように言った。

「身勝手な奴だな。同じことを光にしようと企んでたくせに」

「そ、それは、そうだけど…」

でも、光と自分は違うと言いたい。勝手は承知でもそうなんだからしょうがない。

「だってよ、光は可愛いじゃん。抱かれたっていいじゃん。誰もが納得できるだろ」

「俺にしてみれば、お前だって充分納得できるんだぞ」

「それはお前限定だーっ！」

明の言葉に正樹は目を吊り上げて怒鳴ると、いまさらと思いながらもくどくどと言い立てる。

「とにかく、お前は俺が好きだとか言うけど、好きなら好きで、好きらしくだな、せめて順序を踏

んで仲良くなろうとしろよ。いきなり強姦はないだろーがっ」

「正樹が感じて、イッた時点であれは和姦だけどな。でも、まぁ、そういうプロセスを楽しみたいって気持ちもわかるから、それでもいいぜ。で、人前では普通の友達の振りでもして、抱き締めたりキスしたりすんなってことだろ？」

「人前以外でもだぁーっ！」

と叫んだら、明が目を据わらせて正樹を睨む。その目が、お前がそんなにわがままを言うなら、自分も何をするかわからないぞと言っているようで怖い。

「あっ、いや、とりあえず、人前ではやめて下さい。お願い…」

なんで勝手に惚れられて、無体な真似をされたあげく、こんな風に下手《したて》にでているんだと腹が立つ。が、この自分勝手で、思い込みの激しい男を、「友達」のラインまで引き離しておくにはお願いしかない。

とにかく、学校では対等な友情ってことで一つよろしくと、下げたくもない頭を下げた。

そんな正樹を見て、すっかり優位に立った明が余裕たっぷりに言う。

「しょうがないな。じゃ、とりあえず人前では我慢するか。その代わりちょくちょく家に来いよな」

誰が行くもんかと、腹の中で舌をべーっと出している正樹。

「そうやって人目を気にして、オロオロしてる正樹っていうのも新鮮だな。お前って、誰とでもタメロきいて、怖いモノなんかなさそうにしてるのに、結構細かいことも気にするんだな」

失礼なことを言うなと言いたい。こんなにも繊細な自分なのに、その細やかな神経を踏みにじってんのはお前だろう。そう文句を言おうとしたら、いきなり二の腕を強い力でつかまれた。

そして、そのまま自分の胸へと引き寄せようとする明。正樹が渾身の力を込めて抵抗しても敵わない、その腕力が憎ったらしい。

「おいっ、だから、そういうのをやめろって、たった今…」

約束しただろっと睨む正樹の唇を、あっと言う間に塞ぐ明の唇。そして、腰が抜けるほど濃厚なキスをした後、何度も啄むようなキスを繰り返しながら言う。

「人前じゃなければいいんだろ？　ここは誰もいないぜ」

「はっ…っんんっ」

思わず漏れてしまう正樹の甘い溜息。悔しいけれど、すでに腰がくだけていた。

自分もこんな顔に生まれていれば、もっと女の子を食いまくっていただろうってな明の美貌が目の前にある。こんなにストイックなツラをしているくせに、本当に明はキスもエッチもうまい。こういうのは経験だけじゃなくて、天性のものがあるのかって聞きたくなるくらい。

「予鈴も鳴っちまったし、いまさら教室に戻るのもかえって目立つから、正樹も困るだろ？」

ニヤッと笑ってそんなことを言う。絶対によからぬことを企んでいるなとわかるその目が怖い。

全然困らないからとばかり、ブンブンと首を横に振った。今では自分が明をここへ連れてきたことは忘れて、「お願い、この人気のない生物室から出してくれぇ」と心で叫ぶ。

「授業をサボるのは不本意だが、なにしろ俺も健康な十六歳だからな。このままじゃ終われないいんだよな」

「な、な、何する気だよ」

自分でも悲しくなるほどビクビクと怯えながらそう聞いた。正樹にしてみれば、こんなにも明を怖がっている方が、授業をサボるよりもずっと不本意。

そんな正樹の様子を見て、明がちょっと頬を弛めると、優しげな笑みを漏らした。

(あれ…?)

もしかしたらからかわれただけで、本当は何もする気はないのかなと思い、つられるように正樹も一瞬気を弛める。

(そうだよな。こいつって学校でも有名な秀才だし、授業をサボるわけないよな)

と思った瞬間、明が言った。

「フェラして」

「えっ…?」

「昨日はしてもらえなかったからな。ちょっと心残りだったんだ。ちょうどいい、ここでして」

「マジ…？」

と聞いたら、

「もちろん、マジ」

と答えられて目眩。

一瞬の間をおいて、正樹はさっときびすを返すと生物室から駆け出そうとした。が、身長が違うということは、足の長さも違うということで、正樹の三歩は明の一歩だった。

「逃げる気？　そっちがその気なら、俺もそれなりに振舞わせてもらうからいいけど…」

ガシッと肩をつかまれて、扉に顔面を押しつけられる。ついでに背後から明の股間も押しつけられて、昨日の悪夢がフラッシュバックした。

「大丈夫。ちょっと口でしてくれればいいんだ。できるだろ？」

「そ、そんなこと、できないって。やったことないもん…」

と言う正樹の体を返して、自分の方へと向かせると、明は強い力で肩を真下へと押さえつける。その場に膝をつかされた正樹は縋るような目で明を見上げた。

「できないことないさ。ちゃんと教えてやっただろ。昨日俺がやったとおりにやってみなよ。ほら、口を開いて、舌を出して」

そう言うと、明はちょっと羨ましくなるようなりっぱなモノを引っぱり出してきて、正樹の鼻先につきつけてくる。

それを目の当たりにして、ハッとしたように目を見開いた後、真っ赤になって視線を逸らしてしまった。そんな正樹の様子を楽しそうに見ていたかと思うと、明が言う。

「可愛い顔してても正樹も男なんだよな」

こんな会話と光景は記憶にある。

「正樹を見ていると優しくしてやりたいって思うんだけどな。でも、そんな風に怯えたりされると、ちょっと虐めて、泣かしてみたいって気にもなるんだ」

これって正樹が光に対して思っていたこと。光を「おかず」にして抜いたときの妄想そのままだった。ただし、やらせているんじゃなくて、やらされている。

（こ、これ、嘗めるのか…？）

と薄目を開けて明のモノを見たら、いきなり乱暴に髪をつかまれた。

「やって」

明の命令する声はねだっているようにも聞こえた。

妄想の中で、光は恥じらいながらも小さな口をいっぱいに開いて、正樹のモノをくわえていた。隠しきれない欲望に目を潤ませながら、一生懸命に正樹を喜ばせようとしていた。自分の妄想の中の光と、今の自分自身がオーバーラップする。

複雑な気持ちのままソロソロと舌を伸ばして、明のそれに触れてみた。

「ああっ…」

いきなり吐息混じりの明の声が正樹の耳に届いた。片手で正樹の髪をつかみながら、もう片方の手はドアに押しつけて自分の体を支えるようにしている明。

その欲情した表情はたまらなくセクシーで、明にそんな顔をさせているのは自分だと思うと、心の中で何かが弾けて飛んだ。

まるで自分が光になったような錯覚の中で、明のモノを嘗める。唇をすぼめて吸い上げるようにしてやると、ガタッと扉が鳴る。唇と舌は動かし続けながら視線だけを上げると、明が必死で体を支えようとして、扉に上半身をあずけていた。

感じているんだとわかると、心のどこかで「ざまあみろ」とか思っている自分がいた。昨日はいいようにイカされた正樹にとって、それはささやかな復讐のようなもの。だから余計に夢中になって明をイカせようとする。

「正樹、いいっ…。もっと…」

すっかり夢中になっている明の声が正樹の耳に心地いい。そして、

(イケよっ。イッちまえって)

と思った瞬間だった。

「げふっ…。ぐっ…ううっ…っ」

本当にイッてしまった明のモノを、思いっきり飲み込んでしまった。

明の股間から顔を離して床に座り込んだまま、自分の口と喉を押さえて咳込んでしまう。すると、ふぅっと満足そうな溜息を漏らした明が正樹を見下ろして言った。

「すごい、よかった…」

正樹はと言えば、涙目になりながら声にならない悪態をついた。

(こっちはすげぇ、苦しいんだよっ!)

◇◆◇

「で、実際はどうなんだよ？　お前、あの美少年のことを聞きに行ったんだろ？　なんで昨日の今日で、高山明と過剰に仲良くなってんだ？」

四時間目が終わって、学食へ向かう途中、良一がそう聞いた。

「どうもこうもないんだよっ!」

思わず目がつり上がってしまったのは、昨日のあの強姦のみならず、今朝のとんでもない無体のせい。朝っぱらからあんなものを飲まされたあげく、一時間目をサボって教室に戻ったら、明と正樹の噂がさらに広がっていた。

（二人揃って授業をサボってりゃ無理ないか…）

と、諦めている場合じゃない。が、場合じゃなくても、お腹は減る。

結局、三時間目の体育の授業もきっちり受けていたから、お腹がグゥーっと鳴っていた。幸い、正樹が着替えをトイレの個室でしたことに気づいた奴はいない。

たかだか体操着に着替えるくらいでトイレに駆け込んでいる可哀想な自分。でも、体中のキスマークを人に見られるくらいなら、そんな情けない真似だってやるしかない。

隣のクラスと合同の体育はバスケで、もちろん明も一緒。授業の間中、みんなの視線が二人に注目しているのがわかってたまらなかった。一緒にコートに入ろうもんなら、誰もが、なんでそこまで目を見開くんだというくらいに見つめていた。

正樹と明の関係を怪しんでいながらも、確実な情報もなければ、決定的なシーンを見ているわけじゃないので、判断がつかないという様子。

（お前ら、みんな暇なんかっ？）

眉をしかめて、問いただしたくなったが、実際、男子校の暇潰しってのはこんなものだ。

そんな具合だから、良一に限らず、学校中のみんなが真実を聞きたそうな顔をして正樹を見ていく。鬱陶しいことこの上ない。

でも、今の自分は狼のご機嫌をうかがいながら、ようやく同じ森で生息している哀れな野兎みたいなもの。弱みを握られて、明の存在に怯える生活がいつまで続くんだろう。考えたら気が遠くなる。だから、せめて友人にくらい愚痴りたい。

「いいか、よっく聞けよ。あの高山 明ってのはな悪魔のような奴なんだぞ」

「悪魔ぁ～？」

それはいったいどういう意味だと身を乗り出した良一だが、なぜかその答えを聞く前にすっと体を引いた。そして、やや上目使いに正樹の背後に視線を泳がせる。

（どうしたんだ…？）

正樹がふと自分の背後を見ると、そこには明が立っていた。

「うわっ！」

驚いて思わず声を上げた。まさか今噂している男が音もなく自分の背後に立っているとは思わなかった。

明はどこか不機嫌そうな顔で良一を睨んでいた。整った面構えだけに、眉間に皺を寄せているとそれなりの迫力がある。正樹より少し背の高い良一だが、それよりもさらに五センチは上背があり、横幅もある明だから、こんな風に見下ろされたら誰だって引いてしまうだろう。

「な、なんだよ。いきなり背後に立つなよな。びっくりすんだろーがっ」

「昼メシ行くだろ？　一緒に行こうと思って」

正樹の文句を聞き流して言った。それを聞いた良一は、そそくさとその場を去って行こうとする。

「あっ、おい。良一、待てよ。一緒に学食…」

「いや、悪かった。邪魔はしないから、二人で行ってくれ。じゃ、また後でな」

そう言ったかと思うと、足早に駆けて行ってしまった。

冗談じゃない。この悪魔のような男と俺を二人きりにしてくれるな。友達ならここにいろーっと叫びたかったが、ガシッと明に肩をつかまれて、喉の奥で声が絡まってしまった。

「友達なら一緒に昼メシ食うよな？」

そう確認するように言われて、頷くしかない自分。

（チクショー。しっかりつけ込んできやがる、こいつ…）

結局、明に連行されてるような気分で一緒に学食に来たが、一気に食欲が無くなってしまった。

「空いてる席に座ってろよ。俺が買ってきてやるから。正樹は何がいい？　いつものB定食でいいのか？」

「それでいい」

食欲が無いとは言いながら、何を食べると聞かれたらついそう返事してしまった。A定食はメインのおかずが魚で、B定食はお肉。それが決まりだから、正樹はいつもB定食なのだ。そして、それを聞いて頷いた明が列に並びに行く。

(そうだよな、メシくらい買ってこいってんだよな。強姦野郎がっ)

明から視線を逸らすと、心の中でそう吐き捨てた。拗ねたように席で待っていると、二人分の定食のトレイを両手に持って戻ってきた。そして、「先に食べてろよ」と言ったかと思うと、明はまたすぐに席を立ってどこかへ行ってしまった。

もちろん、明がどこへ行こうが気にもとめず、正樹はさっさとB定食を食べ始める。そんな正樹の隣に戻ってきたかと思うと、イチゴ牛乳のパックを差し出して言う。

「ほら、飲みものもいつものでいいんだろ?」

受け取ったのは、確かに正樹がいつも学食で買っているイチゴ牛乳だった。なんで正樹の好きな飲み物を知っているんだと思ったが、たいして気にもとめずに定食を食べ続ける。

定食のおかずにソースをかけようと手を伸ばしたら、目の前にスッとソースの瓶が差し出された。黙ってそれも受け取り、ソースをかけておかずにかぶりつく。そのとき口についたソースを拭おうとしたら、今度はパッと紙ナプキンが差し出された。

「おっ、サンキュー」

腹の中では絶対こいつには心を許すもんかと思いながらも、あれこれと親切にされてついお礼の言葉が出てしまった。そんな正樹の言葉に明はにっこりと笑ってみせる。

そうやって笑っていると本当にいい。昨日から、幸か不幸かじっくりと明の顔を見る機会を得たんだけれど、遠目でもいい男は近くだとさらにいい男だった。

うっかりボーッと明の横顔に見とれていると、明も正樹の方へと向きなおり「何？」とばかり首を傾げてみせる。慌てて正面を向いたとき、そばに置いてあったイチゴ牛乳の紙パックに肘が当たってひっくり返ってしまった。

「あっ、いけね」

「正樹って案外そそっかしいんだよな。でも、その方が構いがいがあるから、俺は楽しいけどな」

イチゴ牛乳はまだ口を開けていなかったから、中味がこぼれることはなかった。明はそれを手にしてまたトレイにのせてくれる。

そのとき、そんな二人の背後に座っていた、同じ二年生の生徒達がコソコソと会話しているのが耳に入った。

「おい、構われているぞ、正樹の奴」

「おお、本当だ。世話を焼かれてるな」

「いや、甘やかされているんだろう、あれは」

そのどれでもないっと席を蹴って立ち上がり、猛烈抗議したい。が、人から見たらそのとおりなのかもと思った。でも、だからこそよけいに腹が立つ。

正樹はキッと隣の明を睨みつけると、本気で「お前なんか大嫌いだっ。俺に近寄るんじゃねぇっ」と叫んで、殴り飛ばしてやろうかと思った。

でも、そんなことをしたら最後、明がどんな言動に出るかわからない。これくらい構われている分には辛抱しておくべきなんだろうか。

（チクショー、チクショー、チクショー）

昨日からどのくらい腹の中で悪態をつき続けているんだろう。もう、本気で明日から登校拒否してしまいたかった…。

学校にいる間中「友達」のふりをしては正樹のそばにやってきていた明を、ようやく振り切ったのは放課後。明も部活には入っていないが、クラスの委員をやっているので、いろいろと教師に雑務を頼まれているらしい。

（へん、ザマーミロだっ）

せいぜい教師にこき使われてろと吐き捨てて、正樹は学校を出た。そして、一足先に学校を出て、ハンバーガーショップで待っている良一のもとへ急ぐ。

「どうしたんだよ。お前、昨日から今日でやつれてないか？」

正樹が自分のハンバーガーののったトレイを手にテーブルにつくなり、良一がそうたずねた。

「えっ、やっぱり？」

朝はトースト二枚と野菜ジュースをコップ一杯飲んできたし、昼は明に運ばせたばかりか奢らせてB定食を食べ、イチゴ牛乳も飲んだ。けれど、昨日からの心労を思えば一キロや二キロは痩せていても不思議じゃない。

「いったい何がどうなってんのか、ちゃんと説明しろよ。俺、もうわけがわかんねぇよ。学校中でありとあらゆる噂が飛びまくってんだぞ」

「俺だってわけわかんねぇんだもん。どうにかしてくれよー」

良一の言葉に、正樹は縋るように言った。

「とにかく、あの美少年と高山　明の関係からきっちり説明してみろ」

ことの始まりはあの美少年だったと知っている良一が言った。そこで、正樹はハンバーガーの包み紙を開きながら答える。

「あれは明の兄貴だ」

「はぁ？」

正樹の言葉に、良一が口にくわえていたアイスティーのストローをボトッとテーブルの上に落とした。怒っているんだか、笑っているんだかわからない表情を浮かべている。からかわれたと思ったんだろう。そりゃそうだ。あの美少年が明の兄だなんて、体のサイズからして信じられないのが普通だ。

そこで正樹は昨日の出来事を逐一説明してやった。もちろん、自分が明に交際を迫られ、さらには光に押さえ込まれて、明にやられてしまった部分はきれいに省いてである。

いくら気心の知れた友達だからって、いや、気心の知れた友達だからこそやっぱり言えない。自分が女の子のように抱かれただなんて。

「そうか、双子だったのか。それにしても、そう聞いても納得できんなぁ。ちっこくて可愛くて、華奢で犯したいようなのが兄貴で、デカクて迫力があって睨みがきいていて、男でも犯しそうなのが弟か？」

なんて嫌な表現なんだろう。でも、まったくもってそのとおりだ。正樹がポテトをつまみながらコクリと頷く。

「で、お前の話を聞いてもいまいち納得がいかないのは、なんで高山 明とお前の間で熱い友情のようなものが育っているかってことなんだが…」

「友情はないっ。少なくとも俺にはないぞっ」

「だったら愛情…とか？」

良一が恐る恐る確認してくるから、正樹はテーブルを拳で叩いて言った。

「そんなもんあってたまるかっ！」

「じゃ、なんで朝っぱらから人前でイチャこいて、体育の授業で人目を引きまくって、昼メシ一緒に食ってんだ？」

そうあれこれと問いただされても困る。本当のことは言えないし、かといってこのままじゃ良一も納得してくれないだろう。

そこで、なんとかない知恵を絞って、いい加減な返事を口にした。

「そ、それは、つまり、あいつは俺を見張っているんだよ」

「見張っている？」

「そう。あいつは俺が光にちょっかいを出さないようにと見張っているんだよ。だから、ああやって朝から下校時まで俺にひっついて威嚇《いかく》しているんだ。一種の嫌がらせだな」

ものすごく苦しい言い訳だったが、そういうことなんだっとばかり、すごい形相で言い切る。

「そうなのか？　俺には、構って、世話を焼いて、甘やかしているようにしか見えないけどなぁ」

全然納得していない良一の言葉に対して、正樹はチッチッチッと立てた人差し指を横に振り言った。

「わかってねぇな。あれこそが新手の嫌がらせなんだよ。あいつは本当に悪魔のような奴なんだぞ。目的のためなら手段も選ばない。しつこーくて、ねちこーくて、チョー自分勝手で、人の話なんか聞きゃしない。本当に嫌な奴なんだっ」

なんて言いながら、これみよがしにブルブルと震える自分の体を抱き締めてみせる。

「そんなにヤバイ奴かなぁ、高山 明って…」

それでもいまいち納得をしていない良一は、正樹の話を信じている様子もなくただただ首を捻っているばかり。だが、本当のことさえバレなければ、良一が信じようが信じまいが、そんなことはこの際どうでもいい。

「とにかく、俺はもう二度とあいつの家になんか行きたくない。いや、二度と行かないぞっ！」

良一の目の前で、固く固くそう誓う正樹だった。

◇◆◇

というわけで、不本意な取り決めとはいえ、とりあえず明の家にさえ行かなければ当面の身の安全は保証された。と、思っていたが、正樹の学生生活の「敵」は何も明だけじゃない。

翌日、登校するなり、廊下の掲示板に貼り出されている中間テストの日程表を見て、正樹の気持ちがズーンと沈んだ。

決まった期日にやってくるのはわかっていても、気持ちが弛んだ頃にやってくるのがテスト。特に二学期の中間テストは出題範囲が広いから嫌いだ。

「良一、グラマーのノート見せてくれぇ」

二学期が始まってから一番怠けて、授業中も寝てばかりだった授業のノートをねだる。すると良一が正樹よりも悲壮な顔をして、首を横に振りながら、ノートをベラリと開いて見せてくれた。

「真っ白じゃねぇかーっ。何やってんだよっ。真面目にノートとっておけよ」

と、自分のことは棚に上げて人を責める。

「今の言葉、そっくり返してやるっ。一緒に追試を受けてやるから感謝しろよっ」

それから二人して、重く暗い溜息を吐いた。が、問題はグラマーだけじゃないってことだ。その日の授業中に各科目の範囲を言い渡されて、ふぅっと遠い目になってしまった。

「良一、お前、追試幾つよ？」

「俺が筋金入りの理数系だって知ってんだろ。現国、古典、日本史、リーダーにグラマー。確定が三つで、ヤバイのが二つの合計五つ。お前は？」

放課後、正樹が良一と一緒に机に突っ伏して、指を折りながらこれは確実に追試という不吉な予測を立てているときだった。

「なんで追試になるんだ？　授業中に何やってるんだよ、まったく」

その声を聞いてギョッとした正樹が突っ伏していた顔を上げる。見れば、そこには明が呆れたような顔をして立っていた。

「うわっ、出たっ！」

とまるで幽霊が出たかのように叫んだのは、なぜか正樹じゃなくて、良一の方。その良一をギロッと睨むと、正樹の腕をつかんで立たせる。

「来いよ」

そう言われて、正樹は自分の鞄を抱えながら狼狽えた。とりあえず人前では友達っていう約束はどうしたと言いたいが、今日の明の顔つきはいつもと違って、ちょっと真面目。

「ど、どこへ行くんだよぉ。お前んちなんか行かないぞっ。今はマジでそれどころじゃないんだからな」

必死で訴える正樹に、明は呆れたように言う。

「だから来いって言ってるんだろ。行くぞ、図書室」

「へっ？　図書室？」

「そう、図書室。早く行かないと自習室の席が無くなる」

確かに学校の図書室にある自習室の席は数に限りがあるし、テストの前になると進学校だけあって賑わっている。参考書は揃っているし、必要ならその辺にいる教師をつかまえて質問することもできるし、テスト勉強をするには便利な場所なのだ。

首根っこをつかまれるようにして自習室につれてこられると、席に着くなり明が顎をしゃくる。

「ほら、教科書を出せ。一番ヤバイのはグラマーか？　他はどの教科だよ？」

煽るように言われて、慌ててグラマーの教科書を出しながら、あとは物理と日本史がヤバイかもと言った。それを聞いた明がニヤッと笑って言う。

「良かったな。全部俺の得意科目だ。まとめて面倒みてやる」

「えーっ、ウソつけ。お前、理数系も文系も得意だって言うのか」

「苦手がないと言ってるんだよ」

本当かよと胡散臭そうな目で明を見ると、自信満々の様子で自分も教科書を開いている。すると、そんな明の姿を見たクラスメートの一人がやってきた。

「珍しいな、高山が自習室なんてさ。でも、ちょうど良かった。ここ、教えてくれよ」

そう言って一人がやってくると、次から次へと人が集まってきた。

どいつもこいつも明に向かって、ここを教えろ、あそこを教えろと数学や古典や化学など、いろいろな教科の問題を聞いている。

教師よりも聞きやすいってのはわかる。けれど、その辺に数学や古典の教師が待機しているのに、そこよりも明の周りに列ができてるってのはどういうことなんだと言いたい。

そんな明が一通り質問にきた奴に答えてしまうと、改めて正樹の方を向いた。

「さぁ、正樹の番だ。わからないところを言ってみろ」

ポカーンと口を開けて明を見ていた正樹は、そう言われて慌てて教科書に視線を落とした。が、もう一度明のことを見上げると、しみじみと言った。

「お前って、本当に頭いいんだな」

「勉強はできるときにしておかないとな。将来何をやるにしても、学んだことは邪魔にならないし」

本気でそんな風に考えて、勉強している奴がいるのかと驚いた。確かに明の言う通りだけれど、思っていてもできないのが勉強じゃないのか？

ここは私立の進学校だけれど、中には正樹や良一のように、なんとなく自由な校風に惹かれてとか、制服が気に入ってとか、近隣の女子高生にモテるからという理由で受験する者も少なくない。

そんな中で良一や正樹は運良く受かったクチで、明はしっかり実力で合格して、そのまま学年の成績上位をつっ走っているというわけだ。

そんな明に促されて、おずおずとグラマーのノートを差し出す。そして、実は範囲全部がわからないところだと告白する。すると、正樹のグラマーのノートを見るなり明が怒鳴った。

「なんなんだ、このノートはっ！」

無理もない。真っ白なだけならともかく、ポップアートのような落書きや友達の携帯番号の走り書きがあったりで、グラマーのノートというよりまるで自由帳。さすがに、気まずさと恥ずかしさでテへっと笑ってごまかす。

「英語は苦手でさ」

「苦手とかそういう問題か？　小学生のような言い訳をしてんじゃないっ。勉強はやらされてするもんじゃないだろ。自分のために勉強してるってのがわかってないのか？」

わかってないからこのノートなんだろと言いたいが、今言ったら首を締められそうなのでやめた。

「とにかく、俺のノートを全部写すところからだな」

そう言って、明は自分のノートを正樹の前に差し出す。その量の多さに思わずげんなり。

「コピー取ってきちゃダメ？」

控えめに聞いてみたら、耳たぶを思いっきり引っ張られた。

「イタタタッ…」

まるで小学生並の正樹には、小学生並の扱いをしてやるというようなその態度。

明に見せられたグラマーのノートを必死で書き写したら、今度はわからないところを一つ一つきちんと理解するまで説明された。

最後に明が即席に作った練習問題をやらされ、それでも間違えたところは容赦なくやり直し。できるまで何度でも繰り返されて、文法の変化がバッチリ頭にたたき込まれてしまった。

それだけでもうぐったりだったのに、続いて日本史。これはノートが真っ白でもいいから教科書を出せと言われる。教科書を出したら、明が赤ペンで絶対に試験に出るってところにザカザカと印をつけていく。

「この赤丸のところだけ覚えておけば絶対に追試にはならないから、何がなんでもとにかくテスト前に覚えてしまうこと」

テストの前に、本当に覚えたかどうか模擬テストしてやるからなと怖い顔で念を押されたら、覚えないわけにもいかない。

それにしても、どうしてこうも自信満々で出題される箇所を指摘することができるんだろう。

「本当にこれだけ覚えれば赤点じゃないのか？　なんでそんなことが言い切れるんだ」

正樹が訝しげに聞くと、明がきっぱり言った。

「授業中の教え方でわかるんだよ。教師だって、力を入れて説明したところは、生徒がどれくらい理解しているか試したくなるもんさ。だから、そこだけきっちり押さえておけば、あとは教師の趣味みたいなひっかけ問題とか、マニアックな問題だ。でも、正樹の場合は時間がないだろ。だから

これだけ覚える。いいな」

そう言われて、コクコクと頷いた。赤点追試にならなければ儲けモノの日本史なのだ。細かいところまでチェックしている時間があったら、他の科目の勉強をする。

そこまでやったところでその日は時間切れ。図書室が閉まる時間になって、残りの物理は明日教えてもらうことになった。

それにしても、こいつ、本当に俺のことが好きなのかと首を傾げたくなるようなスパルタ式の教え方。この二時間半の間に何回「バカ」って言われたんだろう。

（そりゃ、明に比べたらバカだけどさ…）

明に「可愛い」って言われるのも嫌だが、「バカ」って言われるのもやっぱり嫌な正樹だった。


学生の本分は勉強。というわけでもないけれど、やらなきゃ追試だの、内申への影響だのと厄介なことになる。だから仕方がないってのが正樹の本音。

良一と二人でヤバイ、ヤバイと言っていたわりには蓋を開けてみれば、正樹の中間テストの結果はおおむね良好。一番悪い日本史でさえ六十点台で、あとはだいたいが七十点台。そして、一番ヤバイだろうと思っていたグラマーが、意外にも九十二点という高得点。

「この裏切り者。なんでグラマーのノートが真っ白だったのに、九十二点も取ってやがる」

数学、物理は学年でもトップクラスの点数を取っているくせに、文系の科目はしっかり赤点追試だった良一。恨めしそうにそんなことを言われても言葉がなくて、正樹はひたすらごまかし笑いを浮かべるばかり。グラマーの高得点も、日本史の追試ラインを軽く越えたのも、すべては明のおかげだった。

中間テストの日程と範囲が発表になってからは、明に連れられてずっと図書室通いをしていた。そして、高校に入学してからというもの、こんなに勉強したのは初めてってほど絞られた。勉強を教えているときの明はまったくもって容赦がないのだ。

（マジで怖いんだもん、あいつ）

そんな明に怯えながら、必死で勉強した結果がこれ。

（やっぱり感謝するべきなんだろうか、テストの結果に関しては…）

複雑な心境ながら、殊勝にも正樹がそう考えていたとき、良一がボヤく。

「いいよなぁ、お前は学年一の秀才に勉強をみてもらえたからよ」

「よくないっ！　俺は勉強がつらくて泣いたなんてのは、小学校の二年で九九を覚えたとき以来だぞ。もうスパルタなんてもんじゃねぇよ。あいつ大学生になっても絶対家庭教師のバイトなんかしない方がいいと思うぞ。生徒になった奴がメチャクチャ可哀想だ」

そんな正樹の言葉に、良一はしみじみと言った。

「お前、なんかますます構われてねぇ？　近頃じゃお前らのツーショットが目に馴染んできたもんな」

「馴染ませてんじゃねぇよっ」

聞き捨てならないとばかり、噛みつくと良一があっさりと答える。

「でもよ、図書室でも引っついて、イチャイチャと勉強してたって噂になってるぜ」

図書室では怯えながら真面目に勉強していただけで、イチャイチャしていたつもりは微塵もない。なのに、なぜそんな噂になるんだろう。

こんな不本意な状況を誰に文句を言えばいいんだと目を吊り上げたら、良一が「おっ」という顔をして正樹の背後を見る。教室の入り口にいたクラスメートが叫ぶ声が聞こえた。

「正樹、カレシが来たぞー」

正樹が嫌そうに振り向けば、すでに下校の用意をした明がやって来るところだった。

「カレシって言うなぁ～。ダチだ、ダチっ！」

クラスメートに向かって正樹が怒鳴り返す。そんな正樹のヒステリックな言葉を聞いて、クラスメートは肩を竦めて言う。

「ジョークだ、ジョーク。でもな、あの高山を学食でパシリに使って、勉強も教えてもらって、ついでに送り迎えまでさせて、大きな顔してんのって、この学校じゃお前くらいだぞ」

だから感謝しろとでも言いたいんだろうか。そんなに羨ましいんだったら、その立場をお前に譲ってやろうかと噛みつきたい気分。だいたい男同士で「カレシ」とかってのは変じゃないのか。

「なぁ、良一、せめてお前だけは…」

わかってくれるだろと聞こうとしたら、良一が小さな紙袋を差し出しながら言った。

「おい、正樹、カレシにこれ渡しておいてくれよ。先週借りたゲームのソフト。おもしろかったって伝えておいてくれ。で、今週中には頼まれてたやつ、持ってくるからって」

（この、裏切り者がぁ～！）

いつの間にか、自分を挟んでゲームソフトを貸し借りするほど仲良くなっているってのはどういうわけなんだ。

これじゃ明が学校で正樹を抱き締めたり、キスしたりしてなくても、自分の立場は着々とマズくなっているんじゃないだろうか。

中間テストを無事赤点なしで乗り越えた正樹だが、学校生活はまだまだ厳しいのだ。


クラスメート達の大きなお世話に無理矢理送り出された正樹は、明に手を引かれ学校の正門を出た。その途端、明が命令口調で言う。

「今日、家に来いよ」

「えっ？」

ここのところテスト勉強で忙しかったから、すっかり明の下心を忘れていた。が、明は機会さえあれば正樹を自分の家へ連れ込もうと企んでいるのだ。

こいつ、もしかして今日はその気だなと明の目を見れば、もちろんやる気満々と書いてある。ちょっとヤバイ状況だ。

「お、俺、今日はバイトだからダメ」

咄嗟にウソをついて、この場を逃れようとした。

「なんのバイト？」

「雑誌のモデル」

「どこの雑誌」

「えっと、メンズのヘアカタログの…」

と言いかけたら、明がフフンと鼻で笑う。

「ウソだな」

「な、なんでわかるんだよー」

「正樹は困ったり、ウソをついてるときには眉毛がハの字に下がるんだよ。俺にごまかしがきくと思ってんのか？　お前のことならなんでもわかるんだ」

そういえば、学食のメニューも、好きな飲み物も知っていたし、足のサイズもピアスの穴の数も、ついでにお気に入りの入浴剤の種類まで知っていやがった。

ストーカーチックな言葉に思わずブルブルと身を震わせていると、明が言った。

「なんてな。本当はカマかけただけだ。バイトは週末しかできないって、自分で言ってただろ。忘れたのか？」

なんて汚い奴なんだ。ひっかかる自分もバカだが、騙す奴の方がもっと悪いに決まってる。と、自分がほんの一分前にウソをついたばかりなのはすでに忘れてむくれる。

正樹が膨れっ面でプンとそっぽを向くと、明がそんな正樹の二の腕を引いて振り向かせる。

「俺は人前では極力ベタベタしないって約束をちゃんと守ってるだろ。お前も約束は守れよな」

明が約束を守っていると言えるかどうかは疑問だし、正樹の方はあんな不本意な約束なんて守りたくもない。が、守らなきゃどうなるんだろう。

「お前がそういう頑なな態度だと、俺も人前でうっかり何を言っちゃうかわかんないぜ」

当然のように自分も約束を破ってやると脅されて、突発的に胃に穴があきそうになる。

それでなくても微妙すぎる今の正樹の立場。明を正樹の「カレシ」と呼ぶ奴だってチラホラと出てきたこの頃。今はまだジョークですんでいるが、明が決定的な一言を言ったら最後、自分達はホモのカップルになってしまう。

（そして、俺は男に抱かれた男になってしまう…）

正樹と明に肉体関係はないという最後の砦だけは、何がなんでも死守しなければならない。そのためにはやっぱり明のご機嫌をうかがって、その口を塞ぐしかないのだ。

同じ男として情けないとは思いつつ、腕力でも敵わない、勉強でも敵わないとなったらいったい何で戦えばいい？

（根性か…？）

と腹の中で呟いて、フルフルと首を振った。

自分の人生にもっとも縁のない言葉だ、根性なんて。そして、強引に手を引かれたまま、明の家へと向かう羽目になった正樹。声にならない悲鳴は誰にも届きはしないのだ。


「嫌だっ！　ダメだったらっ。勘弁してよぉ～」

結局、そんな情けない言葉を吐いている自分っていったい何？

「やっ、やだって言ってんのっ！」

と叫んでいる正樹の目尻には、すでに涙が溜まっていた。

二度と明の家になんか行くもんかと良一の前で固く誓ったはずの正樹。なのに、バイトのウソもアッという間に見破られ、連行されるように家に連れてこられて明の部屋に押し込まれてしまった。そして、気がつけば、またこうしてベッドの上にいる。

今日は光も部活でいないらしい。いや、いたとしても光がなんの歯止めにも、救いにもならないのはわかっているから、いっそいなくていい。が、二人きりだって充分にマズイ。

「勘弁しろよぉ、頼むからやめてくれよぉ」

必死で制服のシャツの前を押さえ込むと、そんな正樹を見ながら明がクスッと笑いを漏らす。そして、シャツを押さえているなら、下を先に脱がそうと思ったのか、今度は制服のズボンに手を伸ばしてきた。

「ちょっと、やめろって、やめてって、やめてくださぁーいっ！」

「なぁ、やめろって言う以外に何か言えないのか？」

「言えない、言えないって。だーかーらー、やめろっ！」

どんなに懇願しようが、明の手は止まらない。そうこうするうちに股間をぎゅっとつかまれて、はだけたシャツの隙間から胸に手を入れてまさぐられる。その瞬間、ハッとしたように体が跳ね上がった。初めての日と同じように、ゾクゾクと背筋を這いあがっていくのはまぎれもなく快感。

「うわっ、あああっ…」

悲鳴を上げたと同時に、その声がどこか頼りない甘えた声に変わってしまう。力が入らなくなり、体の奥がウズウズと落ち着かなくなり、腰がツキツキし始める。

「ほら、もう目が潤んでるし、メチャクチャ色っぽい。感じてるんだろ?」

「違うっ、そんなんじゃないやい。お前みたいな強姦野郎に誰が感じるもんかっ」

必死で正樹が叫ぶと、明はいかにも心外だと言わんばかりの顔をする。

「強姦ってなんだよ? 一方的にやって楽しんだみたいに言われる覚えはないけどな」

「一方的にやったじゃないかっ! 今もやろうとしてるしっ!」

「でも、お前もイッたし、今もほら…」

と明に指を差された正樹の股間はしっかり勃っていた。

(俺の体の裏切りモノめっ)

と、自分に向かって悪態をついてもしょうがない。

二人きりになれば、明は我慢も遠慮もありゃしない。学校でテスト勉強をみてくれていたあの秀才ぶりは一変してしまって、今は泣きが入るほど執拗な愛撫をくり返すただのスケベ。

「あっ、んんっ、あぁ~っ」

「正樹、もっと泣けよ。今日は光もいないし、俺だけだから。もっと可愛い声出して、女の子みたい

にねだってみなよ」

自分自身もすっかり欲情した顔で、そんなことを言う。

制服をむしり取られた正樹は、ベッドの上でどうにかして後ろだけは死守しようと空しい抵抗をくり返す。

「正樹、可愛い。何もかも可愛いなぁ。ほら、見せてみなよ。口でやってほしくない？」

そういうあからさまな聞き方はしてほしくない。でも、こうして裸に剥かれて、甘い言葉を吐かれると、男でも妙な気分になるってのはこの間知ってしまったこと。

本当に明の目には自分は可愛く映っているんだろうか。それは正樹が光を可愛いと思って、どうにかしてしまいたいというのと同じ気持ちなんだろうか。

頭の中でいろんなことがグルグルと回っている。でも、明の大きくて、暖かな手でじんわり股間を握られたとき、正樹の体の奥に渦巻いていた欲望が堰を切ったように溢れだした。

（ああっ、ど、どうしよ…。変になるぅ）

その瞬間、恥じらいなんか全部忘れてしまう。もうどうなってもいいっ。そう思ったら、とんでもないことを口走っていた。

「く、口でしてっ。口でしてよっ」

だって、先っぽの辺りをチロチロとくすぐるように嘗められたら、気が狂いそうになるほどいいって知っている。気持ちよくって、自分が自分じゃなくなるような感じ。こんなことを言ったら後でどんな目に遭うかわかっていても我慢ができない。

「あっ、はぁ〜、ああーっ」

身も蓋もない声を上げてしまう、こんなにも快感に弱い自分が嫌い。でも、こんなにも快感に弱い自分を可愛いと言う明。明の言葉なんか信じたくないのに、揺すられる体が快感を貪りながら流されて行く。

「俺って、俺って、そんなんじゃないのにっ、可愛いって言うなよっ」

「だって、本当に可愛いからさ」

いっそただ傲慢で、無体で、自分勝手な奴なら本気で嫌いになれたのに。

「可愛い」とか「バカ」とか言いながらも、明の優しさがときおりチラチラと見えるのが、悔しいと言えば、一番悔しい。

「ダメだっ。キスマークつけるなよっ」

どんなに気持ちよくても、それだけは勘弁してほしい。体育の授業のたびに、トイレの個室に着替えにいくなんて不自然な真似はしたくない。そんなことしていたら、今にクラス中のみんなに怪しまれてしまう。

「大丈夫。つけない。つけないから、だからキスさせろよ」

そう言って、どこかせっぱ詰まった顔で明は正樹の唇に自分の唇を重ねてくる。

こんなに必死で求めてくるなんて、どうかしている。自分は男なのに。光みたいに可愛くなんてないのに。どうして俺なんだろうと、頭の中で疑問が空回りする。

「あっ、明っ、明、いいっ、イクッ…。ど、ど、どうしよう…」

やがて、そんなことも考えられなくなり、頭の中は明が与えてくれる快感でいっぱいになる。こんな溺れてしまうような気持ちをどうしたらいいんだろう？

◇◆◇

で、その週末は本当にバイト。従兄弟の美容師に呼び出されて、メンズ雑誌に掲載する秋冬のヘアカタログの撮影をする。

「正樹、ちゃんとヘアケアやってんのかよ？　毛先が痛みまくってんだけど」

そう言いながら、従兄弟の和明《かずあき》が正樹の毛先にハサミを入れていく。

「だって、テストで忙しくってさ、髪の手入れどころじゃなかったんだよ」

　正樹がそう言うと、今年で二十九歳になる和明は懐かしそうに言った。

「そっか。学生さんは中間テストの時期だったんだよな。で、デキはどうだった？」

「もちろん、ぬかりなくバッチリだもんね」

　と自信満々で笑って見せたが、それはほとんど明のおかげ。自分だけの実力でテストを受けていたら、今頃こんなところでバイトなんてしていない。良一と一緒に教室で、ヒィヒィ言いながら追試を受けていただろう。

「正樹は要領がいいもんな。今の高校だって、たいして勉強もしてなかったくせにすんなり入っちゃったって、今日子《きょうこ》おばさんが言ってたぞ」

　今日子おばさんってのは和明の母親の妹で、つまり正樹の母親。

「失礼だな。ちゃんと勉強したよ。俺はさ、人が見てないところで頑張るタイプなの。今度の中間テストだって真面目にやったもん」

　和明は信じているんだか、信じていないんだかわからないが、ただ笑って聞いているだけ。そして、カットを終えると、今度はサイドだけ色を抜いていく。

「ところで、彼女は元気？　あゆみちゃんだっけ？」

「それっていつの彼女だよ？　その後に麻里がいて、香織がいて、さゆりがいて…」

　と指折り言ったら、和明が呆れたような顔をして、脱色のために髪を包んだペーパーを取っていく。簡単なブリーチだからほんの五、六分で色が抜ける。

「和さん、後でちゃんと暗めの色に戻してよ。最近学校がうるさいからさ。あんまり明るい茶パッだと停学食らっちゃうんだ」

「わかってるって。大丈夫。後で染めなおして、トリートメントしといてやるよ。それで、さゆりちゃんがいて、今は誰なんだ？」

「今は…」

と言いかけて、思わず言い淀む。今は女の子とは誰ともつき合っていない。というか、男とならつき合っているかもしれないという悲しい現実。

「誰でもいいけどさ、見てくれだけじゃなくて、本気で好きになれる子を探しなよ。三日や一週間で別れるような子なんてさ、何人つき合っても意味ないだろ」

「やだなー。説教臭いこと言わないでよ。わかってるって。俺だって…」

俺だって本当に好きになった子くらいいるさと光のことを思い浮かべる。でも、次の瞬間、光の天使のような顔をかき消して、明の顔が浮かんできた。

（ゲッ！　違うだろう～）

思わずプルプルと頭を振ったら、前髪を整えるためにハサミを入れていた和明に叱られた。

「こらっ、じっとしてないとハサミが滑って、前髪が眉毛より短くなるぞ」

冗談じゃない。そんな格好悪い髪型にされちゃ、茶パツ以上に学校へ行けなくなる。

そして、その日はスタイリストさんも好みの人がバッチリついて、楽しい撮影だった。

終了後には撮影で使ったお気に入りのブランドのブルゾンを半額で譲ってもらった。バイト料以外にこういうおいしいオマケがついてくるから、この仕事はやめられない。

「ところで正樹、お前の友達で今度の撮影に使えそうな奴いない？」

帰り間際にいきなり和明に聞かれた。

「ヘアの方？　それとも服？」

「両方」

「ええっ、両方で使えそうなの？　それって、ちょっと難しいかも…」

ヘアだけなら体型や身長はあんまり関係ないし、顔も個性的ってことでたいていなら許される。でも服の方はやっぱり見栄えのいいガタイが必要だ。もちろん顔もある程度整っていないと使えないらしい。

「う～ん、俺や良一じゃタッパが足りてないしなぁ」

「なぁ、誰かいない？　バイト料はずむし」

「うん、わかった。誰か探しておくよ」

そう言って、その日は返事を濁しておいた。

本当は明ならピッタリだってわかっている。タッパもあるし、面もいい。でも、なんとなく明を紹介するのは嫌。だって、和明にいろいろと聞かれたら、明のことだから自分との関係をバラしてしまいそう。和明に男とつき合ってるなんてバレたら、それはそのまま正樹の親にまで直通だ。

(冗談じゃないってぇのっ)

学校だけでも気苦労が多いっていうのに、これ以上のトラブルはご勘弁なのだ。

ご勘弁とか言いながらも、気がつけば近頃は三日に一度の割合で明の部屋に引っぱり込まれていたりする。ますます深みにハマっているとしか思えない。

(なんでだっ！　なんでこうなるっ？)

と自分自身に詰問したところで、答えは簡単。明の強引さと、狡い脅しのせいだ。

でも、自分の意志の弱さだってある。口が裂けても明には言えないし、自分でも認めたくはないが、めくるめくエッチへの欲望に流されているっていうのも事実だったりして…。

このままだと、今までの女の子との甘い経験の数々を忘れてしまいそう。男に抱かれて、身も世もなく泣いてしまう自分の体が憎いといったって、どうにもなりゃしない。気持ちいいものは、気持ちいいのだ。その気になったらおしまいと思う正樹の気持ちを、毎度毎度体は簡単に裏切ってくれる。

一度抱かれると人間ってこんなに弱くなってしまうものなんだろうか。それとも、明が本当にうまいからなのか。

だったら、いっそ「セックスフレンド」として割り切れたらそれもいいかもと思ったりもした。でも、そんな気持ちに歯止めをかけるのは「抱かれている」という、どうしても納得できない自分の立場。

「なぁ、たまには外で会わないか」

昼食の後、イチゴ牛乳を飲みながら、人気のない屋上で寝転がるのが最近の日課になっている正樹。

人目がないのをいいことに、正樹の髪をくしゃくしゃと撫で回しながら文庫本を読んでいた明が突然そんなことを言った。

「外で？」

怪訝な表情で問いかえした正樹を、文庫本から目を離した明が見つめている。

「そう、たまにはそういうのも恋人同士っぽくっていいだろ」

だから、恋人じゃないってばという言葉はとりあえず飲み込んで、考えてみる。

家に連れ込まれてしまったら最後、正樹の抵抗なんて明にとっては赤ん坊の手を捻るようなもの。

それならいっそ外で会っていた方が安全かもしれない。ただ恋人同士のようにってのは、ちょっとどうかとも思う。

「嫌なのか?」

嫌なんて言ったらどうせまた脅すくせにと思うと、正樹は乾いた笑いを浮かべるばかり。案の定、嫌ならここで一発やらせるか? なんてマジな顔で言い出す。

冗談じゃない。学校でなんて絶対にやられてたまるもんかっ。

(それにしても、恋人同士ねぇ…)

本当に自分たちの関係っていったい何さと聞きたい。

明は自分のことを好きだと言うけれど、なんだか強引すぎて、気持ちも体も置いてきぼりで、どんどん突っ走って行っているような気がする。正樹は光が好きなはずなのに、気がつけば体ばかりが明に引きずられている。

たとえ体だけの関係でも、自分たちは繋がっているって言えるんだろうか?

(繋がってるわけないか…)

苦笑混じりにそう思った後、ふと考える。

(でも、いつか繋がる日もくるんだろうか…?)

正樹が一人、考え込んでいると、明が少し甘えたような口調で誘う。

「なぁ、いいだろ？　今度の日曜日、約束な」

すでにそう決めている明の態度に、逆らいたくなってしまったのは正樹の意地。

「だったらさ、光も誘えよ。もちろん、光の彼女も一緒でいいぜ。それなら俺も行ってやる」

「えっ？　光も一緒に？」

「そう。光に彼女がいるって言われても、俺は見たわけじゃないから信じられないもん。どんな彼女か見せてみろよ」

するとと、明が少し複雑な表情を浮かべて考え込んでいる。

（おっ、もしかして、こいつ困ってる？）

こんなことって、明とつき合うようになって初めて。いつもいつも明にイニシアチブを握られていて、いいように振りまわされてきたけれど、やっと一矢報いることができるかもしれない。

「ダブルデートだよ。ど－よ？　それなら映画でも、カラオケでもつき合ってやる」

「わ、わかったよ。じゃ、光に聞いてみる」

そう答えた明に向かって、にんまりと笑いが込み上げてくる。

何もかも明の思うとおりにさせてたまるものかという気持ちで言ったけれど、案外いい考えだった。

何よりも光に会えるのは嬉しい。光のあの可愛い顔を見れば、己の初心を思い出し、こんな間違った関係にピリオドを打つ勇気が出てくるかもしれない。

そして光に本当に彼女がいるなら、ついでにその彼女とやらもこの目で見てやろう。そして、光に相応しいかどうか確かめてやる。

(もし、どうでもいいような女なら、俺が別れさせてやるもんね)

なんて、あくまでも身勝手なことを考えていた正樹。

その日の学校帰り、電車の中で週末の待ち合わせの場所や、時間の約束を交わした。そして、一足先に電車を下りて行く明と車両の中で軽く手を振って別れる。

空いた座席に座った正樹がふと顔を上げると、ホームに下りた明がそのままそこに立っているのが見えた。扉が閉まり、電車が動き出しても正樹のことを視線で追っている。いつでもそう。

不愛想だけれど、本当は優しい奴だってわかってきた。だから正樹の心は揺れてしまう。やがて微かに笑みを浮かべていた明の顔が見えなくなって、正樹は座席に座ったまま爪を噛む。

(ほだされてどーするよ、俺ってば…)

でも、こんな気持ちってよくわからない。一緒にいるとなんとなくホッとしたり、楽しいと思ったりするのはなぜ？　セックスに引きずられているって思っていたけれど、もしかして違うんだろうか。気持ちが後からついてくる恋ってあるんだろうか。

眉間に皺を寄せて考え込んでいると、向かいに座っていた私服の女の子が二人こちらを見てコソコソと内緒話をしている。聞くともなく聞いていると、「カッコイイ」とか「イケてる」とか囁いているのが耳に入ってくる。

そんな言葉を聞いてハッとする。よりにもよって男と恋愛なんかしなくても、自分を好きって言ってくれる女の子はいっぱいいる。いくら明がいい男でも、自分だって負けているつもりはない。

本当にほだされてどうするんだよとばかり、噛んでいた爪を離して、その手で髪を掻き上げる。それを見ていた向かいの女の子が小さく「きゃっ」なんて声を出す。

これが本当の俺だろうと言い聞かせる。が、心の片隅では、ホームでずっと自分を見送っていた明の顔がちらついているのだった。


日曜日、朝、目を覚ましたらとってもいい天気。

正樹はベッドから下りるなりすぐにワードローブを開いて、何を着ていこうかと考える。

光達と一緒に出かけることになっていたから、何をするとか、どこへ行くとかは四人で会ってから決める予定。

そういえば、私服の明を見たことがなかった。普段はどんな格好をしているんだろう。あれだけ身長もあって、顔もイケてれば何を着ても似合うんだろうなと思った。

そんな明と一緒に出歩くなら自分だってあんまり見劣りする格好はしたくない。同じ男として、引き立て役になるなんて真っ平。そして、あれでもない、これでもないと洋服を引っぱり出しているうちにハッとした。

(何やってんだ、俺?)

これじゃまるで好きな子と初めてデートするときのようじゃないか。今日はデートだけれど、デートじゃない。だったらいったいなんなんだ?

思わず自分のベッドの上で胡座をかいて考え込んでしまう。そんなことをしているうちに出かけなくちゃならない時間になっていた。

結局、近頃一番お気に入りのカーキのコーデュロイのパンツにジップアップタイプのフリースを合わせ、この間の撮影で安く譲ってもらったブルゾンを羽織った。髪はちゃんと整えている時間がなくなったので、ニットキャップを被ってよしとする。

「デートじゃねぇんだ。これで充分っ!」

玄関先の鏡をのぞき込んで、そのまま家を飛び出して行った。

五分遅れで待ち合わせの場所へ駆けつけてみれば、すでに明が待っていた。

ハッと人目を引く明だけれど、その出で立ちは派手じゃない。ダークなハイネックの薄手のニットに、襟と袖の折り返し部分だけにグレーのバックスキンを使ったボックス型の黒のジャケット。

素材のいい奴は何を着ても決まるもんなのだ。正樹は自分の格好を見て、もうちょっと気合いを入れてくれれば良かったかなと後悔していた。すると、そんな正樹の姿を見つけて、明が声をかけてくる。

「正樹、ここだ」

ニットキャップから出ている前髪をちょっと撫でつけながら明のところへ行くと、光がいないのに気がついた。

「なぁ、光は？」

「ああ、彼女が駅の反対側で待っているから迎えにいってる。すぐ来るよ」

その言葉を聞いて、思わず腹の中で舌打ちをしてしまう。

（チェッ。本当に彼女がいたのかよ）

でも、なんでわざわざ別の場所で待ち合わせしているんだろうと正樹が首を傾げる。すると、明が小さく笑って言った。

「光の彼女ってさ、結構天然なんだよ。すごい性格のいい子なんだけど、一生懸命やろうとすればするほど失敗するタイプっているだろ？　今日も俺達と一緒だからって、張り切ってお洒落して、早めに家を出たのはいいけど、待ち合わせ場所を間違えてたんだ」

確かにいるよな、そういうタイプと、思わず正樹は過去に自分がつき合ったことのある「おとぼけ天然ちゃん」のことを思い出していた。

それにしても、光の方こそいろいろと構って世話を焼いてやりたくなるような容貌なのに、その光が世話を焼いている。あんな美少年の彼女っていうからには相当に可愛いんだろうなと想像して、待つこと数分。

駅の反対側から光が背の低い女の子と一緒に歩いてくるのが見えた。

久しぶりに見る光はやっぱりものすごく可愛い。まるで光の周りだけお花が飛び散っているような感じ。明とはべつの意味で人目を引きまくっている。隣の女の子が下を向いているので、その顔はよくわからないが、まさしく女の子なんてそこのけの可愛さだ。

「ごめんねー、おまたせ」

その光が明と正樹に向かって手を振る。その横で、光の彼女が小さい体をさらに小さくして謝る。

「ごめんなさーい。私、この駅に二つ出口があるって知らなくって、ずっと東口で待ってたの」

「大丈夫だよ。正樹も今来たところだし。西口もあるって、ちゃんと言っておかなかった光が悪いんだから」

明が笑って彼女を慰めてやっている。そんな明に対して、正樹はなぜかちょっとだけムッとしてしまう。女の子にもそうやっていい顔ができるんだったら、べつに男とつき合わなくてもいいんじゃないのかと思ったから。

「紹介するね。僕の彼女で矢部有香子《やべゆかこ》ちゃん。大原女子学園の一年なんだ」

俯いていた顔をようやく上げた彼女を見た正樹は、微笑みながら「初めまして」と声をかけた。でも、内心では「なんで?」と思っていたりする。

光の彼女の有香子ちゃんははっきり言って容姿は十人並だ。いや、それよりちょっと下かもしれない。光のような美少年がなぜ彼女とつき合っているのか不思議。正直言って、これじゃ見た目の釣り合いってものがよろしくないだろう。

そんな正樹の心のうちなど知らない有香子ちゃんは、まるで芸能人でも見るように瞳を輝かせて言った。

「私、正樹さんが載っている雑誌持ってるんです。でも、生で見た方がもっとステキっ! 有香子、どうしよう。なんだか眩しくて目が潰れちゃうー」

そんな真っ正直な感想を面と向かって言われたら、さすがに照れる。でも、これが自分のあるべき姿だよなと改めて確信させてくれた有香子ちゃんの言葉。

いい子じゃないのって思ってちゃダメなんだけど、思わず安直に好意を抱いてしまった。

(ダメじゃん、俺ってば。有香子ちゃんはライバルなんだぞー)

そう思って、自分を励ましながら、キャピキャピと一人嬉しそうな有香子ちゃんを観察する。

(雰囲気は可愛いけどなぁ。でも…)

正樹なら絶対に彼女に選ばないタイプ。

光はストリートっぽい着こなしでフリースとナイロン素材のベストを重ねて身につけている。その隣で笑っている有香子ちゃんは黒のハイネックのセーターに、タータンチェックのミニスカート。ちょっぴり太めの彼女に似合っているが、ありきたりな着こなしだ。

明の言うように性格が抜群に良くて、そこに光が惹かれているなら別れさせるなんて簡単じゃない。それに、こうして彼女の顔を見て、話までしてしまうともう見知らぬ人間じゃないだけに、無体な真似もできない。

ダブルデートってのは自分で言い出したんだけれど、ちょっとまずかったかなぁなんて、いまさらながらに思ってしまう正樹だった。

四人で向かったのは都内で唯一の水族館。その後、食事をしてカラオケにでも行こうということで話はまとまった。

先を歩く光と有香子ちゃんの二人連れ。誰もが光の美少年ぶりにチラチラと視線を向け、その横の彼女を見て「なんで?」って顔をしている。最初は正樹だってそうは思ったが、数時間も一緒にいると、他人のそんな不躾な視線に腹が立ってくる。

水族館へ来るまでの道すがら見た限り、有香子ちゃんは確かにどうってことのない女の子だ。ただ飾りけがなくて素直。見栄をはったり、背伸びしたところがまったくない子だった。とりたてて美人じゃなくても、嬉しい気持ちや、驚きの気持ちをそのまま表情にしてしまうので、見ているこっちまで楽しくなってくる。

「あっ、ほら、光君、これって深海魚なんだって。変な形だね」

そう言って身を乗り出した有香子ちゃんが、ゴツンと額を水槽のガラスにぶつけた。クスクスと周りから忍び笑いが聞こえる。

「いやーん。痛いっ。ぶつけちゃったー」

自分でも恥ずかしそうに言って、コロコロと笑う。

「大丈夫？　気をつけなよ」

そんな彼女の額を白く細い手で撫でてやりながら、光も楽しそうに笑っている。

「あっ、魚が驚いて逃げちゃった」

水槽の真ん中を悠々と泳いでいた魚が岩の後ろに逃げ込んでしまったのを見て、彼女はしょんぼりと言う。

「じゃ、あっちを先に見に行こうよ。ぐるっと回って、戻ってくる頃にはまた顔を出してるかもね」

そんな風に有香子ちゃんを気遣っている光は優しくて、そして、なんとなく男らしい。容姿など関係なく、彼女の素直な性格が愛らしいと思っているのが、正樹にも手に取るようにわかる。そんな二人をぼんやり見ていた正樹に、明が耳元で囁くように言う。

「あの二人、お似合いだろ？」

「まぁな」

正樹だってそうは思ったけれど、自分が光のことを好きだって知っているくせに、そんな風にダメ押しされると拗ねたような気分になる。

そして、二人の後をついて夜行性の魚の水槽を順番に眺めていく。夜行性の魚を昼間に活動させるため、部屋は照明を落としている。暗い部屋を歩いていると、明が突然正樹の手を取った。

「な、なんだよ」

と言って睨んでやると、明が前を行く光と有香子ちゃんに向かって顎をしゃくる。見れば、二人は仲良く手を繋いで歩いていた。

「俺達だって、デートなんだからな」

明の言葉に正樹は違うだろっと叫ぼうとして、でも叫べなかった。光と有香子ちゃんを見て、ちょっぴり羨ましいなんて思っていたからじゃない。

でも、ぎゅっと握られた手は、手持ち無沙汰だった気持ちまで埋めてくれるような気がした。

明がそばにいて、正樹のことが好きで、だからこうして一緒にいてほしいって言っている。自分の手を握る明の大きな手がそう言っている気がした。

　女の子とデートしていたときには感じなかった不思議な気持ち。好きな子ができても、その子が振り向いてくれた途端にその恋には飽きてしまう。いつもいつもそれのくり返しで、良一にだって呆れられるほど長続きしなかった女の子との関係。でも、明との関係はどうなんだろう。

「なぁ、お前さ、どうして俺のことが好きなの？」

　思わず握られた手を見て、そう聞いた。

「えっ、だって可愛いから」

「それなら、光の方がずっと可愛いじゃないか」

「何言ってんだよ。光は兄貴だぜ。それに俺にとっては正樹の何もかもがいいんだ」

　そう言うと明は正樹を抱き寄せて、ニットキャップの上から自分の唇を押し当ててくる。

　休日の水族館には大勢の客がいる。でも、大勢すぎて誰も他の人間のことなど気にもとめていない。

　最初はあんなに嫌だと思っていたのに、近頃は明に抱き締められると気持ちがいいと思う。なんだかふっと体中の力が抜けて、甘い気持ちがこみ上げてくる。

　男友達はたくさんいるけれど、明はそんな多くの友達の誰とも違う。とても不思議な存在。

　自分は男なのに、こんな風に甘えちゃっていいんだろうか？　ベッドで女々しく泣き声を上げている正樹を、明は本当に可愛いと思っているんだろうか？

こんなにも誰かに求められるのって初めて。明の優しい言葉を信じた途端、自分がものすごく弱くなってしまいそうで怖い。男なのに男に抱かれるってことはこんなにも不安なのに、でも、もう心が負けてしまいそう。

「あっ、すまん。人前だったな。でも、学校じゃないし、今だけ…」

そう言って、明は正樹の腰を抱き寄せる。ほんのりと温かい明の体温が心地いい。ずっとこのままでいたいって思ってしまうほどに。

みんなが水槽をのぞき込んでいる暗い部屋の隅で体を密着させていると、なんだか自分達の方が深海に沈んでいるような気分。このまま日の当たる場所に出られなくなっても、なんとなく明と一緒なら平気のような気がした。明の手が自分の手をしっかり握ってくれている限り、きっとどんな場所にいても自分は迷子になることはない。

「正樹、好きだ。大好きだ」

正樹の耳にだけ届くような、小さな明の声。

「お、俺…」

そのとき、正樹の言葉を遮るように光の呼ぶ声が聞こえた。

「ねぇ、僕達イルカを見に行きたいんだけど、一緒に行く？」

ハッとした正樹が、慌てて明から自分の体を引き離す。明の手もまた、名残惜しそうに正樹の体から離れていく。そして、二人して深海魚の部屋を出て、光達を追っていく。

なんだか頬が熱くて顔を上げられない。隣にいる明の顔を見るのが猛烈に恥ずかしい。

(お、俺、何を言おうとしてたんだろ…)

明に好きだと囁かれ、うっかり「俺も」と答えそうになっていた自分を、自分だけが知っている。かろうじて明にバレることのなかった本当の気持ち。学校の連中の誤解を解く前に、自分が落とされてどうするんだ。

「人格の危機」ってやつが、まさか自分の中からやってくるなんて夢にも思っていなかった。


水族館を出た後、有香子ちゃんお薦めの安くて美味しいと評判のイタリアンレストランで食事をした。

正樹が注文したハムとほうれん草のパスタだけはちょっと塩辛くてハズレだったけれど、他の三人の頼んだものはみんな美味しいって言うんで、ちょっとしょんぼりしてしまう。

すると、明が自分の注文した魚介類のトマトソースでよければ交換してやるって言ってくれて、結局半分以上はそれを食べてしまった。

「明さんって優しいね」

そんな二人を見ていて、有香子ちゃんが正樹に代わってたっぷり感動していた。

（し、しまった。明の男を上げてしまったじゃん）

すっかり甘え癖がついている自分が悲しいったらありゃしない。

それからみんなでカラオケに行き、楽しい一日が終わる頃、光は有香子ちゃんを家まで送って行くと言うので、駅前で別れた。

明も正樹を送って、乗り換え駅まで一緒にきてくれた。

光に会いたくて、そして、光の彼女の値踏みをしてやろうと企んだダブルデート。でも、明といるのが思っていた以上に楽しくて、別れた後はいつもと違うせつなさを感じてしまった。

（なんか、ちょっとヤバクない、俺…）

◇◆◇

光の可愛い顔を見て己の初心を思い出し、明との間違った関係にピリオドを打つつもりだった。

（…のになぁ～）

自分の気持ちが、ますます間違った方向へ進んでいっているのを確認しただけのような気がしないでもない。

その日もお昼になって、隣のクラスの生徒が正樹に明からの伝言を伝えてくれる。近頃では当たり前のように先に学食へ行って正樹のために席を取っておいてくれるし、おきまりのB定食も買っておいてくれる。

もちろん、お金は渡しているけれど、そのお金でイチゴ牛乳を買ってもらうこともある。もう、甘やかされているなんてもんじゃなかった。

今日こそはきっちりとイチゴ牛乳代も払おうと心に誓って学食に向かうと、そこにはにっこり笑った明が待っていた。

明の顔を見ると、途端に自分の気持ちがフニャ～と甘えモードに入ってしまう。まるでマタタビの味を覚えた猫みたい。こんなのは本当の自分じゃないって思っていても、心のドキドキは止められない。

「ほら、B定食でいいんだろ。イチゴ牛乳も買ってあるぞ」

そう言われると、うんと素直に頷いて隣に座ってしまう。こんなに世話を焼かれてチクショーと思っている自分と、こんなに構われて嬉しいようなくすぐったい気持ちの自分。いったいどっちの自分が本当の自分なんだろう。どっちも本当といえば本当なんだけれど…。

そんな正樹がB定食のメンチカツをガブリと口に含んだ時だった。明がなんだか奇妙な笑みを浮かべているのに気がついた。

「なんだよ。人の顔を見て、変な笑い方すんなよ」

「いや、そうじゃなくてさ…」

人の顔を見て笑ったんじゃなければなんなんだ。

「正樹のおかげかな。俺、最近友達が増えたんだぜ」

「ええっ？　お前、もともと友達多いじゃん」

「いや、そうでもなかった」

明が一瞬真面目な顔で言うので考えてみた。すると、確かにそうだったのかなって思うところもある。

「テスト前とかにわからないところを教えろって言いにくる奴はいるし、声をかけられたら応えてはいたけどさ。俺、本当は人づき合いが苦手な方だから。光はそういうのってソツがないんだけどな。俺はダメなんだ」

そう言われて、正樹はメンチカツをくわえたまま、明をじっと見つめてしまう。

そういえば、明は誰からも一目置かれているようで、誰とも親しくつき合っていなかったような気がする。成績もいいし、見た目もいいし、どこと言って文句をつけるところのない奴だけれど、誰ともツルんでいなかった。

それが、正樹との関係を噂されるようになってから、なんとなく周りの態度が変わったような気がすると言うのだ。正樹もからかい半分に見知らぬ同級生から声をかけられるようになったが、明もきっとそうなんだろう。

そして、正樹の友人の良一とはゲームソフトまで貸し借りする仲になっている。明にとって正樹は、学校の連中とつき合うためのちょうどいいクッションのような存在なのかもしれない。それにしても、

（こいつって、結構寂しがり屋さんかよ？）

近頃特に楽しそうな顔をしている明を見て、ふとそんなことを思った。そして、その途端、明の存在がなんだか可愛く感じられて、クスッと笑いが漏れてしまう。

いつも一方的に可愛い、可愛いと言われている正樹だが、明だってなんだか可愛い。図体とか見た目じゃなくて、性格が可愛い。

明の部屋でいい様に抱かれて、ヒィヒィ言わされていた自分が、こんな風に感謝されているってのは気分がいい。

（へへっ、ちょっとした優越感ってやつかな…）

そう思うと楽しくなってしまい、思わず笑みが漏れる。正樹がニカッと笑うと、明もにっこりと微笑んでいる。こういう気分なら悪くない。こういうつき合いならいいかもしれない。そんなことを思いながら、正樹は食後のイチゴ牛乳を飲み干した。


男同士でギブ&テイク。対等な友情なら明はいい友達だ。でも、こうして明の部屋に連れ込まれたら、そんなことは単なる夢なのかなって思わされる。

「なぁ、たまにはエッチ抜きじゃダメ？」

と縋るように聞いてみても、すでに正樹の制服のズボンは床の上だったりする。

「ダメ。俺、我慢できないから」

そんなにきっぱりと言われても困る。正樹よりもずっとストイックな面構えのくせに、なんでこんなにスキモノなんだろう。むっつりスケべってのはこいつのためにある言葉だななどと、どうでもいいことを納得してしまう。

「俺はたまには違うことをしたいのっ！」

とにかく、明の手から逃れようと身を返しながら言った。すると、明がいかにも怪訝な表情で聞く。

「違うことって、どんなこと？」

「そ、そうだな。たとえば、ゲームとかさ…」

「お前、弱すぎて相手にならないじゃないか」

そうなのだ。反射神経も根気もいまいちの正樹は、悲しいほどにアクションゲームもＲＰＧもヘタクソ。

「だったら、勉強とか…？」

と言ったら、明が思いっきり小馬鹿にしたようにフフンと鼻を鳴らした。

無理もない。明に面倒をみてもらわなければ、中間テストだって軽く追試五つだった正樹の勉強嫌いはすっかりバレバレだ。

「い、いや、それはウソにしてもさ、こう毎回エッチってのはどーよ？」

「嫌なのか？」

ストレートに聞かれたので、一応頷いてみた。それでも明は正樹の体をまさぐる手を止めようとしない。

「本当に嫌なら、なんで俺の部屋に来たりするんだ？」

「だって、来なけりゃお前、脅すじゃん」

「まぁな」

ニヤリと笑って、ヌケヌケと答える明。

「この悪魔以下〜」

とは言いながらも、理想としている顔が目の前にあって、優しく囁かれるとついふらふらとついて来てしまう。自分だけが明に特別扱いをされ、甘やかされていると思うと、くすぐったいような気分になってしまうのだ。

（それに本当にエッチはうまいんだよな、こいつ）

いつ抱かれたって、そんな無体なとは思いながらも気持ちがいい。それに言葉や態度のわりには優しく抱いてくれるから、あまり痛かったという記憶もない。むしろ、女の子とやったときよりもはるかに痒いところに手が届く心地よさ。

そう考えた途端、また勝手に体がビクッと反応して、中途半端だった股間が元気になる。

「お前、本当にエッチな体してんのな」

すっかり裸に剥かれた正樹の股間を見て、明がクスッと笑って言った。

「違うっ、これは違うから」

と言っても、こうなったらもう明は聞く耳をもってはくれない。

「いいって。恥ずかしがらなくても。その方が俺も嬉しい。今日は何してほしい？　正樹がやってほしいことならなんでもやってやるよ」

本当になんでもしてくれるならこのまま解放してと言いたいが、それだけは許してくれないんだろう。正樹が困ったようにベッドの上で体を縮めていると、すっかり興奮してその気になっている明がセクシーな口元を歪めて笑う。

「なぁ、いいことしてやろうか？　きっと正樹は好きだと思うんだけど……」

そう言いながら、自分のベッドの下からなにやら細長い箱を取り出してきた。

「な、なんだよ、それは」

正樹が恐る恐る聞くと、明が箱を開けて中味を取り出した。

「ひぃーっ！」

思わず悲鳴を上げて、ベッドの上で後ずさりする。明が取り出したものを正樹の目の前にもってきて、じっくりと見せようとする。

「絶対気持ちいいって。正樹は俺の指ですぐにイケたもんな。これ使ったら腰ヌケちゃうかもしれないな」

そう言って電池が入っているのを確かめると、カチッと手元のスイッチを入れる。ウィ～ンウィ～ンという音とともに、串に刺さったみたらし団子のような本体がクルクルと小さく円を描いて回る。

「それって、バ、バ、バイブじゃねぇかっ」

「そう。後ろ用。光が俺達のためにプレゼントしてくれたんだ」

もう一切のコメントを省いて、正樹はきびすを返すとベッドの上を這いずりながら逃げた。なんでそんなモノを使われなくちゃならないんだとか、なんで光も明も高校生のくせにそんなモノをプレゼントしたり、されたりするんだとか、一切の質問はする気もないし、している暇もない。とにかく逃げる、それしかない。が、ベッドを這い下りようとした瞬間、ガシッと足首をつかまれた。

「ひっ！」

掠れた小さな声が漏れて、そのままベッドカバーにしがみつく。すると、その背中の上から明の体が覆い被さってくる。背骨に沿ってそっと舌を這わせる明。ときおりその吐息が背中にかかりゾクゾクする。

バイブをすぐそばに置かれて、明の手が自分の双丘に分け入ってくるのを感じる。体が固くなって息を詰めるけれど、いつの間にか潤滑剤のようなものをつけたその指は正樹の抵抗など関係なく潜り込んでくる。

この感覚にも少しずつ慣れを感じている自分が悲しいといえば悲しい。情けなさの向こうにある目眩のしそうな快感。自分じゃない自分になっていく瞬間。でも、この感覚はたまらなくいい。

「あっ、ああっ…ん」

どうしてこんな声が出てしまうんだろう。どうしてこんな風に感じてしまうんだろう。

くなる。

イカされるんだろうかと思った瞬間、その指がズルリと抜けていった。ホッとすると同時に、その指の圧迫がなくなったことに少し心細さのようなものを感じてしまって、自分で自分がわからなくなる。

（あっ、また…）

「正樹、じっとしてろよ」

そう言われて、顔だけで振りむいてみたら、明がさっきのバイブを片手にしていた。

「ちょ、ちょっと待って。そ、そ、それはダメ…」

「ダメじゃないって。うんとよくしてやるからさ、いい声出せよ」

いい声なんて出せない。だいたい「いい声」ってどんな声なんだ？　なんて思っている間にも、明は正樹の体の奥をまさぐってくる。

「あーっ、ああん、うん、はぁ…っ」

さっき目にしたあの串刺し団子みたいなのが、そろそろと体の中に入ってきた。嫌なのに、嫌なはずなのに、でも正樹の体はどうやっても逃げ出せないでいる。

苦しいんだけれど、その潜り込んでくる感じがなんとも言えない甘い疼きを与えてくれる。もうちょっと先まで入ったらどうなるんだろう。自分はどうなってしまうんだろうって思っているうちに何もかもがどうでもよくなって、ただこの快感を追いかけていきたくなってしまう。

「いいなら、いいって言ってよ」

明のねだるような声に体が反応してしまうのが悔しい。でも、普段不愛想で、ストイックそうな明がこんな声を出す方が、正樹にとってはよっぽど色っぽいって思えるんだからどうしようもない。

「あっ、ど、ど、どうしよ…、いいっ、いいかも…。はうぅ…っ」

「どうする？　これで一回イッちゃうか？」

そう聞かれて、ガクガクと首を縦に振ってそうさせてとねだる。

快感に押し流されて我を忘れ、喘いでいる自分。これじゃますます明に弱みを晒け出しているようなもの。でも、強烈な羞恥心と同時に、心がとろけるような感覚がじわじわと込み上げてくる。

「もう、なんでもいいから、早くイカせてっ」

叫ぶようにそう言って、両手で握りしめたベッドカバーに顔を埋めた。

もうどうなってもいい。どうにかしてほしい。与えることばかりに夢中になっていた今までのセックスとは違う、こんな風に与えられるセックス。それを与えてくれているのが明なんだと思うと、心に火がついたような気分になる。

どこまでも引きずられていく弱い自分。正樹が最初に心をときめかせたのは光だったはずなのに、今はもうこんな自分を止められない。

こんなの間違ってるって思っていても、どうしようもなかった。

「正樹の後ろさ、トロトロになってて入れやすかった」

とんでもないことを言いながら、明はベッドの上に横たわっている正樹の頬や額にキスをくり返している。

今日も抱かれてしまって、自分からイカせてと叫んで、あげくに言われたセリフがこれ。明にしてみれば誉め言葉のつもりかもしれないが、正樹にしてみれば、この世で言われてもっとも恥ずかしい言葉だった。

（ああ、俺、トロトロになってたんだ。あんなバイブなんか使われて、トロトロ…。わけわかんなくなるくらいよくって、トロトロ…）

頭の中で「トロトロ」って言葉がグルグル回っている。そして、今自分が女の子のように甘えた格好で明の腕の中にいる現実を考えて、しみじみと思った。

（俺ってサイテー）

めっそりと落ち込んでいるとも知らず、明がふと思い出したようにたずねる。

「なぁ、お前って男とやったのは俺が初めてなのか？」

正樹の体がピクッと震える。その反応に、何を誤解したのか明は正樹の両腕をしっかりとつかむと、無理矢理自分の方へと向かせる。

「なぁ、俺以外の奴とやったことあるのか？」

真剣な顔でもう一度聞かれて、正樹がキレた。

「おい、こらっ！　お前、俺に初めて突っ込んだ日のことを忘れたとは言わせないぞ。経験があったら、誰があんなにヒィヒィ言うもんかっ」

そう言いながら、向かい合った明の髪を脳天でガシッと鷲づかみしてやる。すると、明はあからさまに嬉しそうな顔になって、「そっか」と呟いた。そんな顔を見て正樹は腹の中で吐き捨てる。

(ああ、もう、ヤダ…こいつ)

っていうのは、明の言いぐさに対してもだが、脳天でチョンマゲを作ってやってもそのオトコマエぶりが崩れないことに対して漏らした言葉。

正樹が男は明以外知らないからって、何をそんなに喜んでいるんだか…。まるで正樹のバックヴァージンにこだわっているみたいな言いぐさ。

(それじゃ、なんかえらく純情でせつない思いみたいじゃないか…)

だからと言って、もちろん強姦してもいいってわけじゃないし、散々強引な真似をしておきながらいまさらってもんだ。

でも、そのとき、ふと今までつき合っていた女の子達のことを考えた。

『正樹ってカッコイイもん。友達に紹介してもチョー自慢できるじゃん』

ってていうのはよく言われた言葉。そう聞かされて、自分でもまんざらじゃなかった。でも、それってどこか違うとも思っていた。だって、どんなにつき合っていても彼女達から出る言葉はそれ以上でもそれ以下でもなかったから。

べつに本当の自分を知ってほしいなんて思っていなかったし、自分だって都合の悪いところは全部隠してつき合っていたんだから、お互い様だった。

明の髪から手を離し、もう一度体を返してそっぽを向くと言った。

「バカみたい。男同士で初めてかもないだろ。女の子ならこれでも数えきれないほど食っちゃってるよ」

「それは知ってる。でも、男は俺だけだろ。だったらいいんだ」

なんかものすごく甘ったるいことを言われたような気がして、どう返事したらいいのか困ってしまう。だから、黙ってベッドから下りると、そばに落ちていた制服を手にして身につけていく。

「正樹」

「うん？」

名前を呼ばれて振り向いたら、キスされた。そして、嬉しそうな顔で「好きだ」と囁かれる。これは信じてもいい言葉だってわかった。でも、信じたからって、その気持ちには素直に応えられない。

やっぱり、水族館にいたときはどうかしていたに違いない。

「明…」

「うん？」

正樹からの甘い言葉でも期待しているのか、明はとろけそうな笑みを浮かべながら、キスをして離したばかりの唇を嘗めている。そんなにやけた顔に向かって、吐き捨てるようにボソリと言った。

「この、むっつりスケベッ！」

そして、明の頬を平手でぺしっと軽く叩いてやる。

叩かれた明はきょとんとした顔で正樹を見ていたが、やがて余裕を取り戻したように、そばに転がしてあったゴムをつけたままのバイブを片手に言った。

「お互い様だろ？」

本当に嫌な奴だ。こんな奴、大、大、大、大嫌いーっと腹の中で思いっきり叫ぶ。

自分が最後の最後で素直になれないのは、絶対こいつのこの意地の悪さのせい。

それにしても、同じ双子でも光はあんなに素直な女の子と恋愛をしているというのに、明ときたら自分みたいに素直じゃない男を相手にして、不毛な恋愛にうつつを抜かしている。

勉強はできるくせに「バカ」って奴はいるんだなと、明を見てしみじみ思ってしまう。

だが、「バカ」のくせに結構繊細な奴だと明に思われているとはまったく気づいていなかったりするのだった。

◇◆◇

気がつけば、かれこれ二ヶ月以上も女の子とエッチをしていない。というのに、体の方はまったく飢えていないっての恐ろしい。

飢えていないどころか、もう満たされちゃって、満たされちゃってどうしましょうってな状態だ。正樹の理想の面をぶら下げたむっつりスケベ君のおかげで、夜の一人遊びの必要もまったくないってな今日この頃。

さらには、正樹と明がつき合い始めた記念にと、光がプレゼントしてくれたというあのバイブ。あんな天使のような顔をして、どうやってあんなものを買ったのか知らないが、あれがまたとんでもない。

（そう、とんでもなくよかったりして…）

それはもう、人としてダメになりそうなくらい。自分でも情けなくなるほどあっさりとイカされるなんて、もしかしてこの体はとてつもなく淫乱なんだろうか。

正樹が放課後の教室でそんな心配をしているときだった。

「おーい、正樹、高山から伝言だ」

振り向いた正樹に、隣のクラスの生徒が教室の扉のそばで怒鳴る。

「高山は来週の課外授業の打ち合わせと、委員会で遅くなるってよ。今日は先に帰ってくれってさ。確かに伝えたぞ」

メッセンジャー君に手を上げて了解の旨を伝えると、正樹は自分の鞄を手に席を立った。同じ帰宅部の良一はすでに帰ってしまっている。

いつもは明の方から迎えにくるけれど、そうでないときは正樹が教室で待っているのが日課になっていた。勝手に先に帰ったりしたら翌日に嫌味を言われる。そして、あからさまに抱きつこうとしたり、正樹が絶対言ってほしくないようなことを口にして脅すからタチが悪いのだ。

明はクラスの委員をやっているので、いろいろと担任から雑務を言いつけられることも多い。それだけでも忙しいのに、しっかり者すぎちゃって、担任以外の教師からもお声がかかり、用事は増えていくばかり。今日も来週の課外授業の打ち合わせにと教師にかり出されている。

江南高校の秋の課外授業は決まってお寺。仏教系の学校じゃないが、学校の理事長の親友ってのが真言宗の寺の住職なのだ。それで年に一度、全校生徒揃ってそのえらい坊さんの話を聞きに連れていかれる。

バスをチャーターして、遠足気分で出かける山寺なんだが、問題はその説法。運動会ができそうなくらい広いお堂で座禅を組まされて、延々三時間ばかり抹香臭い話を聞かされる。

聞く人間が聞けば、両手を合わせて拝みたくなるような有り難い話も、正樹達にしてみれば拷問に等しい。もちろん足がしびれて途中で退席していく者も続出する。住職の方も今時の若者の根性のなさなんて承知の上でわざと退屈な説法を続けている。

話を始める前に、「さて、今年は何人が最後まで持ちますかな」なんて言っているくらい。秋の課外授業は教師も含めて、全校生徒参加の我慢大会みたいなものなのだ。

去年は良一と一緒に、説法開始三十分で足がしびれて広間から退出。我慢大会の最低記録を作った正樹は、しばらくの間「学校一の根性なし」という不名誉なレッテルを貼られてしまった。

二年目の今年は初めて参加する一年生の手前、最初の退出者になるのだけは避けたい。

(そういや、明の奴は三時間きっちり頑張ってたよな)

そんな根性まで備わっているからこそ、教師にも一目置かれていたりするのだ。

それでも以前はとっても無愛想だったから、明に声をかけるのを躊躇していた連中も多い。なのに、正樹と明がつき合っているのを見て、考えを変えた奴も少なくない。

正樹に構っている明は意外にも気さくで、マメで、面倒見がいい。そして、それを知った連中は明にあれこれと無理難題を頼み込むようになった。

元来お人好しなところがある明も嫌とは言えず、それらの全部を引き受けている。考えたらちょっとムッとしてしまう正樹だった。

（どいつもこいつも調子にのって明を使ってんじゃねぇよっ。明も俺以外の奴にいいように使われてんじゃないってぇのっ！）

なんて思ってしまってからハッとする。これって思わず赤面モノの独占欲じゃないんだろうか。

明は明であって、正樹のモノじゃない。人前では、あくまでも友達。そう望んだのは自分自身。そして、その芝居をやめたら最後、自分は揺るぎない「受け身のホモ」のレッテルを貼られてしまう。

「学校一の根性なし」の次が「受け身のホモ」。どっちにしても情けない…。

正樹だって男だし、やっぱり男には男の意地ってものがあるのだ。

一人帰り支度をして学校を出た正樹だが、なんだか物足りない気分で駅へと向かう。一人で帰るのは久しぶりだった。自分の隣に明がいないってだけで、なんだかちょっぴり寂しい気分。今日は久々にフリーなんだからもっとせいせいすればいいはずなのに…。

（なんなんだ、このそこはかとない寂しさはよぉ～）

これじゃマズイとばかり、自分に気合いを入れてナンパでもしちゃおうと企んだ。そして、学校の最寄り駅に着いてみれば、近隣の女子校の生徒たちがいっぱい。下校時刻だからまさしくよりどりみどり。魚釣りでいえば、まさに入れ食い状態。

（やりたい放題だぁ〜）

と、周りの女の子達の中で好みの子はいないかと物色する。が、

（なぜだ？）

いない…。

本当になぜなんだとその辺の人間の襟首をつかまえて聞きたいほどに、いないものはいない。今までならホイホイと声をかけていたような、派手で、人目を引くような子にはどうも心が動かない。

そして、こんなにも女の子で溢れている駅のホームが灰色に見えてしまう。

（チクショー、なんでだよっ。せっかく明のバカがいなくてチャンスだってぇのにっ）

明がそばにいる限り、女の子に声をかけたり、ナンパなんて絶対できやしない。そんなことをしたらどんな目に遭うかわかったもんじゃない。が、今日みたいにせっかくフリーになっても、自分がこの様じゃどうにもならない。

学校の最寄り駅で散々目をこらしても、好みの女の子は見つからなかった。しょうがなく電車に乗ったが、乗り換えの駅に着いたとき、どうしてもそのまま家に帰る気にはなれなくてちょっとした繁華街があるその駅で改札を出た。

こうなったら意地でも女の子に声をかけて、モノにして、自分がりっぱな男だって証明してやる。

誰に対して意地になっているかと言えば、明に対してというより自分自身に対してって感じ。

　この駅の界隈には、二、三の女子校がある。駅前のファーストフード店や、ＣＤショップに入れば、ぜったいめぼしい子の一人や二人はいるはず。

　そう思って、とりあえずハンバーガーショップに入った。お腹は空いてないからコークとポテトだけを買って二階に上がる。学生街の駅前だから禁煙席のほとんどが学校帰りの学生で埋められていた。そして、正樹が空いている席に着き、さっそくその辺に座っている女の子を物色しようと思ったときだった。

（あれ…？）

　ポテトをつまもうとした手が止まる。フロアの向こうの端にどこかで見たことのあるような女の子がいた。

（有香子ちゃんじゃないのか…？）

と思った瞬間、彼女の向かいに座っている光の後ろ姿にも気がついた。

　考えたら、有香子ちゃんが通っている大原女子学園はこの駅からバスで十分程度のところだし、光の通う明峰もこの駅からバスで通う学校だ。二人が学校帰りに待ち合わせるにはちょうどいい場所なんだろう。

　とはいえ、正樹の座っている場所から見える有香子ちゃんの表情はこの間会ったときの屈託のない笑顔とはまるで違っていた。この場所からは二人が話している声は聞こえないけれど、暗い雰囲気が漂っているのだけはわかる。

気軽に声をかけられないと思った正樹は、やきもきしながら自分のポテトをかじり、コークを飲みながら様子をうかがう。

すると、突然有香子ちゃんが席を立ち、泣きながらその場を走り去って行く。もちろん光は声を上げて有香子ちゃんを引き止めている。が、有香子ちゃんはそんな声も振り切るように階段を駆け下りて行ってしまった。

店の中にいた人達が一瞬ざわめいて、そんな二人を眺めていたが、やがて一人残された光だけに視線が集まる。

誰もが好奇心をかき立てられたように、あれこれと憶測しているのがわかった。それでなくても息を飲むほどの美少年の光なのだ。黙って座っていても人目を引いてしまうのに、これじゃまるでさらしモノだった。

正樹は席を立つと、一人肩を落として顔を伏せている光のところへと向かう。そして、その前にドカッと座った。

「おい、有香子ちゃんと何かあったのか？」

その声を聞いた光が、ハッとしたように顔を上げる。

「正樹、どうして…いるの？」

声をかけたのが正樹だとわかると、安心したように表情を弛める。頑張っているけれど、でも泣き出しそうなその顔。正樹の胸がズクッと疼いた。

なんかこういう感覚って久しぶり。それは自分が守ってやらなくちゃっていう気持ち。壊れやすいものを大切に包み込んでやりたいという気持ちだった。

明といると、正樹の方が大切にされてしまったり、守られたり、構われたりしているばかり。でも、本来の自分はそうじゃない。そうじゃないからこそ明との関係にわだかまりをもっているのだ。光は正樹に自分も男だってことを思い出させてくれる。

「正樹…。僕、どうしたらいいんだろう…」

悲しそうにくしゃりと歪んだ顔。光のこんな顔なんて見たくない。それに、ここにいる赤の他人にも見せたくない。光には明るく笑っている顔が似合う。有香子ちゃんと何があったのか知らないが、とにかくこの場所から光を連れ出さなければと思った。

「おい、ここを出ようぜ」

正樹の言葉に光が力無く頷く。

光の手を引き、自分の食べかけのポテトやコークののったトレイもそのままに店を出た。いつも自分の手を握ってくれる明の手とは違う、光の小さな手。まるで女の子のように華奢でやわらかなその手を握っていると、愛しさが込み上げてくる。

「家まで送って行くよ」

光を連れて店を出た正樹はそう言うと、そのまま駅へと向かった。


一緒に電車に乗ってからもなんとなく気まずさが先立って、なかなか光に事情を聞き出せないでいた。そうしているうちに光の家の最寄り駅に着いた。

正樹は光と一緒に電車を下りると、改札を抜けてそのまま家まで送って行く。家に着いて、ようやく光が口を開いた。

「あのさ、明が喜ぶと思うし、上がって待っててやってよ」

そんなことを言うけれど、今はそれどころじゃないだろう。正樹は勝手知ったる家に上がり込むと、一緒に光の部屋に行く。有香子ちゃんと何があったのか聞かなければ、正樹だって収まりがつかないし、納得できない。

昔は繋がっていたというスペースは明の部屋と左右対称だけれど、全く同じ造り。ただ明の部屋には受験用の参考書がもう少し多くて、ゲームのソフトも作りつけの棚にズラリと並んでいたりする。

光の部屋は少し趣が違っていて、アイドルのポスターも貼ってあるし、それに並んでダーツの的が壁にかかっていた。やっぱり弓道なんかやっていると、的を狙うのが好きなんだろうかなんて、この際どうでもいいことを考えてしまう。

正樹は初めて入った光の部屋で落ち着くと、思い切ってたずねた。

「あのさ、有香子ちゃんと何があったんだ?」

部屋の床の上にぺったりと座り込んでいた光が、俯いたままボソリと言った。

「あのね、僕ふられちゃったんだ」

「えっ?」

ふったんじゃなくて、ふられた? 光が? それはいったいどういう理由なんだろう。急にそんなことを言われても納得できない。

「それってマジ? だって、ついこの間まであんなに仲がよかったじゃないか。どういう理由で光がふられるわけ?」

本気で不思議に思った正樹は、すっかり気落ちしている光にたずねた。

「あのね、女の子みたいな顔をした僕とつき合うのが嫌になったんだって」

「そんなのいまさらじゃねぇのか。有香子ちゃんとはどのくらいのつき合いだっけ?」

「僕が二年になってすぐにつき合い始めたから、約半年になるかなぁ」

半年と聞いて正樹はしばし考え込んでしまう。

「半年もつき合っていて、いまさらそれはないだろ。つき合い出してから光が急に美少年になったわけでもないのにさ」

「それはそうなんだけど…。でも、この間四人でダブルデートしたでしょ。あのときにね、一緒に街を歩いていて、みんなが自分のことだけ奇妙な目で見るのが耐えられなかったって言うんだ。明と正樹も一緒だったから、やっぱりいつも以上に人目を引いちゃってたみたいなんだよね」

それを聞かされて、自分達の責任なのか、謝るべきなのかと悩んでしまう。

それにしても、男の方がつき合ってる女の子より顔が可愛いからふられるなんてのは滅多に聞かない話。こんなふられ方もあるもんかとちょっとびっくりだ。

「確かに光の方が可愛いもんなぁ。でも、男としては泣くに泣けない、珍しいふられ方だな」

「そう？　僕、今まで女の子にふられたのって、全部それが理由なんだけど…」

「えっ、そうなのか？」

それはそれで、ある意味とっても気の毒だ。

「顔なんてさ、全然関係ないのにね」

メソメソと言う光を慰めるように、正樹が言った。

「有香子ちゃんって、そういうのを気にしないタイプだと思ったけどなぁ」

「そうなんだよね。彼女って細かいことにこだわらないし、半年も続いていたから、今度こそは大丈夫だって思ってたんだ。だって、今まではつき合い始めて一ヶ月もしないうちにふられてたんだもん」

という光の言葉を聞いて思った。女の子にとって顔の問題は細かいことじゃないだろうが、彼女はああいう「おとぼけ天然ちゃん」だったから、厳しい現実に気づくのに半年かかったんじゃないんだろうか？

そして、その引き金になってしまったのが、多分この間のダブルデート。明と二人で出かけるのが嫌で、光も一緒になんて言い出したのは正樹の方。そう考えると、やっぱり申し訳なくて頭が下がる。

「あの、ご、ごめん…」

そう言った瞬間だった。

もしかして、これは自分的には喜んでもいいことなんじゃないかと思いついてしまった。わざわざ別れさせることもなくて、光はフリー。正樹が最初に望んでいた状況だ。

「どうして正樹が謝るの？」

きょとんとした顔で聞かれて困った。すっかり気落ちしている光はいつもの可愛さに、はかなげな雰囲気が加わって、もう無敵の愛らしさ。人の弱みにつけ込んで、正樹の心の中にいけない気持ちがムラムラとわき上がってきてしまう。

「あのさ、俺、うまく言えないけどさ…」

と言いながら、不埒な気持ちに連動したいけない手が動く。光のそばに自分も座ると、その華奢な肩に触れた。小さく揺れた肩は明とは大違いで、自分の手のひらにすっぽりと収まる。

「光は笑ってる方が可愛いよ」

するると、光は今一度泣き出しそうな顔になって、呟くように言った。

「可愛いなんて嫌だよ。こんな顔大嫌い。僕も明や正樹みたいに男らしくなりたいや」

「えっ、俺って男らしい？」

「うん。とってもね。明とは違うけど、もっと気軽で器用な感じだし、お洒落だし、やっぱり頼りになりそうだもんね。僕が女の子だったらきっと夢中になると思うよ」

今、なんかものすごーく嬉しいことを言われてしまった。明に抱かれてヒィヒィ言っている自分を知っている光にそう言われるのって、他の誰に言われるよりも正樹を喜ばせてくれる。

「そ、そうか。男らしいのか、俺」

思わずヤニ下がっていると、光がつけ加えた。

「でも、明に抱かれているときは可愛くなっちゃうんだよね。アンアン言っちゃってさ、明に甘えているのを見たら、僕だってドキドキしちゃうくらい色っぽいもん」

光の肩にかけていた手がズルッと滑り落ちた。

それは本当の自分じゃない。

「そっちの俺は忘れてくれ…」

（はず…）

それより、光が女の子なら自分に夢中になってくれるってのは本当の気持ちなんだろうか？　だったらぜひ夢中になってほしい。光なら女の子でなくても、正樹には全然オーケーなのだ。まして有香子ちゃんにはふられたんだし、今となってはなんの問題もない。

自分勝手は承知の上だが、突然転がり込んだチャンスに完全に理性がねじ伏せられてしまう。一度はその華奢な肩から滑り落ちた手が、今度は光の全身をしっかりと抱き締めた。

「光、元気だしなよ。俺はさ、何があっても光の味方だから」

優しくそう囁くと、ずっと我慢していた光の目からポロリと涙が一粒こぼれ落ちる。そして、最初の一滴が溢れだしたことで、堰を切ったように声を上げて泣き出した。

光が落ち着くまでずっとその体を抱き締めていてやった。明とは違う、柔らかな猫っ毛の髪からはシャンプーの香り。何度も何度も撫でてやっている背中は浮き出た肩胛骨がその華奢さ加減を物語っていて、ますます力を込めて抱き締めたくなる。

「可愛いなぁ、光は。可愛いって言われるの嫌かもしれないけど、でも可愛いよ。可愛いって悪いことじゃないからさ。自分の顔が嫌いだなんて言うなよ。俺は光の顔、大好きだよ」

正樹がそう言って、光の顔をじっと見つめる。

赤くなった目が兎のよう。長いまつげが涙で濡れて固まっている。ニキビなんて全然ないし、化粧臭くもない。自分の頬を擦り寄せたくなるような、白くて柔らかそうな肌。リップグロスなんかでギラギラしていない赤くて小さな唇。その唇に自分の唇を重ねようとゆっくり近づけて行く。

そして、二人の唇が軽く触れ合ったそのときだった。光が驚いたように体を硬直させたが、すぐに両手を突っぱねて、正樹から自分の体を引き離そうとする。

「な、な、何やってんのっ！」

「何って、光があんまり可愛いから、つい…」

ついとは言いながら、正樹の手は離れようとする光の体を反対に引き戻そうとしている。

「光が泣いてるのを見てると、俺もたまんなくなってさ。慰めたいと思ったから…」

「慰めてくれるのは嬉しいんだけど、こういうのはちょっと…」

正樹がさらにぐぐっと引き寄せようとすると、光の方はぐぐっと引き離そうとする。二人して押しつ、引きつつしていると、光が必死で諭すように言う。

「だって、正樹は明の恋人なんだからさ。こういうことしちゃダメだろ」

そんな光の言葉に正樹もつい口を滑らせてしまう。

「俺は本当は明の恋人なんかじゃない。だって、俺は最初からずっと光が好きだったんだ」

「はぁ？」

突然の正樹の告白に、抱き締められていた光は腕の中で奇妙な声を上げた。

「光を学校の正門で見かけたとき、あんまり可愛いんで一目惚れしたんだ。だから、光のことを知りたくて明に聞き出しに行ったんだよ。そしたら、なんでかわかんないんだけど、明の恋人にされてたってのが真相でさ…」

いきなりそんなことを言われた光は、理解も納得もできないとばかり、ポカーンと口を開いて正樹を見上げている。そんな呆然とした顔もやっぱり可愛い。ぱっちりと見開かれた目はこぼれ落ちそうなほど大きくて、赤い唇からのぞいた白い歯もきれい。

（うわっ、たまんねぇーっ）

と思った瞬間、正樹は光をぎゅっと抱き締めて、そのまま床に押し倒してしまう。いつもだてに明にやられているわけじゃない。幸か不幸か、男の抱き方は身をもって教え込まれていたりなんかするから、もう手が魔法にかかったように動いてしまう。

光の首筋に唇を押しつけて舌で、耳を嘗め上げてやる。ピチャという音に正樹自身もゾクゾクしているけれど、光もまたプルプルと体を震わせていた。

男同士だってこんな風に感じて、どうしようもなくほしくなるのだ。

「ちょ、ちょっと待ってっ！　どーして脱がしてるのっ？　ダメだったらっ！」

叫ぶ光の声を無視して、制服のズボンを引きずり下ろし、光の股間を撫で上げた。そして遠い昔、初めて光を見た日の夜のことを思い出す。光を「おかず」に、気持ちよくイカせてもらったときのこと。あのときの潤んだ瞳と、縋るような表情が、今の弱った光の姿に重なる。

「やめてっ、やめてったらっ！」

いつも自分が言わされているセリフを、今は光に叫ばせている。ようやく取り戻した自分の雄としての本能が、そんな叫び声を聞いて喜んでいるのがわかる。これって男としての征服欲なんだろうか。いつもとは明らかに違う興奮が込み上げてくる。

その瞬間、明も正樹がこんな風に「やめて」と叫ぶ声を聞いてゾクゾクしているんだろうかと考えて、ちょっと複雑な心境に陥ってしまった。が、すぐにそんなことは頭から追い出してしまう。

「光、可愛いなぁ。食っちゃいたいよ」

と言いながら、本当に食ってしまおうとした、そのときだった。

「光、正樹がきてるのか？　玄関に靴があったけど」

明が光の部屋に入ってきた。

「あっ！」

「うわっ！」

「えっ？」

と三者三様の声を上げて動きが止まる。

一瞬にしてこの部屋で何があったのか見られてしまった正樹と光。そして、見せられてしまった明。揃って怒ればいいのか、泣けばいいのかわからなくて表情が固まる。

（ヤバイ…）

誰か笑い飛ばしてこの場をジョークにしてほしい。が、そんな正樹のムシのいい願いはもちろん光と明によって暗黙のうちに却下された。

◇◆◇

自分でしでかしたことに落ち込むなんて珍しいことじゃない。とはいえ、今回ばかりはちょっとキツイかもしれない。

「正樹、どうした？　目の下にクマできてんぞ？　徹夜でゲームでもしてたのかよ？」

良一に聞かれて力なく首を横に振った。

「まさか勉強？」

プッと口元に手を当てて、自分で言った言葉に笑っている良一だが、それだってもちろん違う。でも本当のことなんて言えない。

あれから追い出されるように光の部屋を出て、明に声もかけずに家に帰ってしまった。本当は明が追って来るかななんて思ったけれど、結局明は来なかった。

正樹と光がもつれ合っているところを見た後、そのまま自分の部屋に駆け込んでしまった。明が自分の部屋の扉を閉めた音が、今でも正樹の耳に残っている。あれは絶対に、猛烈に怒っているなと思った。

（そりゃ、怒るか…）

恋人が自分の兄貴を押し倒しているところを見たら、普通は怒髪天を衝くだろう。でも、正樹にしてみれば、自分が明の恋人だと認めた覚えなんてない。だって、二人の関係は強姦で始まって、それから惰性でズルズルじゃなかったのか。

昨日は失恋して泣いている光が可哀想でついつい抱き締めてしまった。そうしたら、自分はやっぱり光が好きなのかなって思った。

明じゃなくて、抱き締めたいのは光。そう思うと、もう手は止まらなかった。

なのに、明にその現場を見られたからって、どうしてこんなに落ち込まなけりゃいけないんだ。

だいたい明だって、正樹が光のことを好きだって知っているはずなのに、いまさらのように怒るなよと言いたい。

（でも、やっぱり…）

なんて具合に頭の中でいろいろな思いがグルグルと回っちゃって、回っちゃって、昨晩はほとんど一睡もできなかった。

自分の本当の気持ちはどこにあるんだろう。わからないけれど、でも、自分という人間はもっとお気楽で、深く悩んだりしないんじゃないのか？　好きなモノはどうやってでも手に入れて、楽しいってことが一番だったんじゃないのか？

なのに、今じゃ心の中がぐちゃぐちゃ。

「そういえば、今日はまだカレシが顔を見せないな。どうした？　ケンカか？」

いつも学校に着くなり隣のクラスから明がやって来て、正樹に一言、二言声をかけていくのが日課になっていた。

昨日はあれほど怒っていたから今日は顔を出さないかもと思っていたが、本当に明がやって来ないと思うと、なんだか胸の奥が痛い。

そんなひどい真似をしてしまったんだろうか、自分は。

（したんだろうなぁ、やっぱり…）

こんな気持ちのままで明と顔を合わせるのはつらいけど、会わなきゃ会わないでどこか不安。自分から会いに行くべきか、それともこのまま知らん顔をしていていいものか。

（うう～っ、メッチャ悩むっ）

そうやって頭を抱えているうちに、始業のチャイムが鳴った。

結局、その日は学食も良一と一緒に行った。そこにも明の姿はなく、久しぶりに自分でB定食とイチゴ牛乳を買ってしまった。良一には申し訳ないが、明以外の誰かと食べる昼食は全然美味しくなかった。


お昼までに八人。午後から五人。というのは「今日は高山と一緒じゃないのか」と聞かれた人数。

最初のうちは「うるさいよ」とか、「ほっとけー」とか答えていたが、そのうち面倒になって何を言われても無視するようになった。

野次馬連中を無視はしていても、内心は心穏やかじゃない。本当に一度も顔を見せないなんてあんまりじゃないのか。

（なんて心が狭い奴なんだっ）

って、それは八つ当たり。そうとはわかっていても、当たらずにはいられない。だって、こんなに自分の気持ちを誰かにかき乱されるなんて、生まれて初めてだから。

　一日中イライラと過ごしていたら、さすがに良一も心配になったらしい。

「なぁ、マジでケンカか？　お前、何やったんだよ？」

「なんで俺がやったと決めつけるんだよっ」

「だって、相手は高山だろ。そりゃ誰だってお前の方がなんかしでかしたって思うよ。日頃の行いっつうか、過去の行状というか」

　失礼なとは思いながらも、自分でもそうだろうなと納得してしまうところが情けない。

「お前さ、そんなにイライラしてるんだったら、さっさと隣のクラス行って謝ってこいよ。見ている方が鬱陶しいんだけど」

「鬱陶しいなら見るなよ」

　すると良一は呆れたように溜息を吐くと、読んでいたタウン情報誌をバシッと閉じた。

「まったくガキか、お前はっ。俺は友達として忠告してやってんだよ。謝るならさっさと行ってこい。ケンカは長引けば長引くほど仲直りが難しくなるんだ」

　それはわかっているけれど、もうすでに行きにくい。隣のクラスに行けば明はいる。でも、何をどう言えばいいんだか。

「そんなに可愛げがないと、本当に嫌われるぞ」

良一の言葉に正樹の心がビクッと震えた。

(嫌われる…?)

その言葉を聞いて一瞬「イヤダ」って思った。明に嫌われるのが怖い。それって、もう明のことを本気で好きになっている証拠なんだろうか。

だとしたら、いつの間にこんなに好きになっていたんだろう。いつの間に明がいないことをこんなにも寂しいと思うようになっていたんだろう。

光が好きだって気持ちを告白する前からひねり潰したのは明だ。そして、嫌だって言った自分を無理矢理抱いたとんでもない奴だし、その既成事実を学校でバラされたくなければと脅して、やりたい放題してきた狡い奴なのだ。

でも、その後散々正樹に構って、甘やかして、世話を焼いて、そばにいるのが当たり前みたいな存在になっていた。明のそばにいるのが心地いいって思うようになっていたのに、その途端こんな風に突き放すなんて無責任じゃないか。

(そりゃ、光にキスした自分が悪いってのはわかってるよ。でも…)

自分だって光への気持ちにきちんと整理をつけていたわけじゃない。おまけに明との関係は体ばかり先走っていて、気持ちが置いてきぼりだった。

体と違って心は容易に流されてはくれない。単純なようで、でも簡単じゃない。どうしても納得できないのは抱かれているという自分。

たった十六年でも今まで生きてきて、築き上げた自分像ってものがある。知らなかった自分を発見するのは楽しいこともあるけど、戸惑うことだってあるのだ。

光を見て、男の子も可愛いって思える自分は楽しい発見だった。でも、明に抱かれ、気持ちよくてイカされている自分には戸惑ってしまった。そして、今でも戸惑っている。

正樹がすっかり考え込んでいると、良一がそんな正樹の肩を軽く叩いて言った。

「お前がそうやって、いつになく真剣に悩んでる姿ってのは見ていて心地が悪い。これで来週の説法会で最後まで坊主の話を聞いているなんてことになったら、俺は友人をやめたくなる。だからさっさと高山に謝りに行ってこいよ」

励まされているんだか、バカにされているんだかよくわからない良一の言葉。あいにくだが、坊主の話に縋るほどは行き詰まっちゃいない。

(つもり…)

でも、このグチャグチャになった心の中をどうやって整理したらいいんだろう。誰か教えて…。

その週末にはまたバイトが入った。木曜の夜に突然従兄弟の和明から電話が入って、急遽雑誌の素人モデルの仕事をやってくれと言われたのだ。どうやら頼んでいた子が急病で、人数が足りなくなったらしい。

どうせすることもないし、今月はお小遣いも苦しいので、二つ返事で引き受けた。

あれから明とはちゃんと顔も合わせていないし、話もしていない。学校の連中も二人がマジでケンカしているらしいと悟ったのか、今では腫れ物に触るがごとくひっそりと見守っている。

体育の合同授業のときなんて、気まずさが炸裂していて、もう疲れるなんてもんじゃない。親しみやすくなったときを誰もが覚えているだけに、もとの不愛想な男に戻ってしまった明は以前以上に近寄りがたい存在になっていた。

それもこれも全部自分のせいだと思うと、良心の呵責に押しつぶされそうな今日この頃だった。

そして、日曜日。正樹は和明が勤めている店に顔を出して、今日の撮影に合わせて髪にハサミを入れてもらう。

「お前、また髪の毛を放ったらかしにしてたな。枝毛ができてるじゃないか」

と言われても、近頃の正樹はそんな気分じゃない。髪に気を配れるほど心にゆとりがないのだ。

「それになんか暗い顔してるな。悩み事でもあんのか?」

だてに人の顔見て、髪切る商売をやっているわけじゃない。和明は鏡に映った正樹の表情を巧みに読み取り、そんなことを聞く。聞かれた正樹はまるで鉛でも吐くかのような重い溜息を漏らした。

「おいおい、大丈夫か？　撮影のときはちゃんと笑えよ」

　正樹の雰囲気があまりにも暗いので、さすがに和明も心配そうに言う。正樹だってそのつもりだけれど、うまく笑えるかどうか、今日ばかりは自信がない。

「ねぇ、和さんはさ、好きなんだけど好きって言えない人とつき合ったことある？」

「はぁ？　なんなんだよ、それは？」

　和明が正樹の唐突な質問にハサミを動かしながら首を捻る。

「いや、だからさ、好きなんだよ。でも、正直に好きとはちょっと言えなくてさ…。だけど、やっぱりそばにそいつがいないと寂しいような気もしちゃうわけ。わかる？」

　正樹の言葉を聞いてしばらく考えていた和明だが、意外にもあっさりと言った。

「それって単なる片想いっていうんじゃないのか？」

「えっ？」

　和明の言葉に正樹が愕然とする。自分が明に片想い？

「違うっ！　いや、それは違うと思うんだけど…」

（もしかして、そうなんだろうか…？）

　すっかり悩んでしまった正樹を見て、和明が聞いた。

「でも、その誰かが好きなんだろ？」

「…うん」

正樹は殊勝にもそう呟いてしまう。

「好きって言えない理由はなんだよ？」

「いや、それは、つまり、人間としての根本的な問題というか、男の沽券《こけん》というか…」

正樹が言葉を濁してしまうと、和明はちょっと感心したように言った。

「ほぉ、それはまたえらく難しい恋愛をしてんだな」

それから前髪のカットをしながら、正樹の顔を直に見つめる。

「でもさ、好きなら好きでいいじゃないか。人生は長くないぞ。正直に生きて、ほしいものはほしいって言わないと、気がついたときには取り逃がしていて、もう二度と手に入らないってことだって少なくない」

「そういうもんかな？」

「そう、そういうもんさ」

和明の言葉に正樹は思わず笑みを浮かべる。和明の言葉はシンプルで理解しやすい。言われてみれば、そのとおりだなって思うことがよくある。

「それにな、男の沽券がどーのとか言ってるけど、そんなもんは恋愛には関係ないぞ。たとえばの話だけど、結婚してる男が朝、ゴミを出してたら女々しいと思うか？　カミさんの洗濯物を干してたら男がすたるのか？　もし正樹がそういうレベルで男の沽券がどーの、こーのと言ってるんだったら間違ってるよ。そんなことでしか男を測れないようなら、それは男としてというより、人間として小さいってことだ」

正樹はハッとしたように目を見開いた。鏡に映ったそんな正樹の顔を見ながら、そうじゃないかと和明の目が問いかけている。

「男気のみせどころはそんなんじゃないだろ。どうせなら見てくれだけじゃなくて、本物のカッコイイ男になれよ」

なんて言葉は、「見てくれをつくってなんぼ」の美容師という商売をやっている和明の言葉だからこそ重みがある。

なれるものならなりたい「本物のカッコイイ男」。でも、今の自分はものすごーくカッコワルイ。

それだけははっきりとわかっていた。

◇◆◇

次の週は恐怖の全校生徒参加の我慢大会…じゃなくて、秋の課外授業。

女子校のチャーターならバスの運転手さんもさぞかし目の保養になるんだろうが、むさくるしい男子校の遠足じゃ気の毒な気がしないでもない。が、人のことを同情している場合じゃないのだ。

山寺までの道のりはなかなかに風光明媚なんだが、爺さん婆さんの俳句吟行《ぎんこう》でもあるまいし、今時の男子高校生にこの景色を見て、どうしろって言うんだって気分。そして、はるばる連れてこられた寺は、狸や狐ばかりか、物《もの》の怪《け》だって出そうな鬱蒼とした山の中。

「心があらわれるようだなぁ。なぁ、みんな」

なんて言っている正樹達のクラス担任だが、実はこの教師が去年、正樹と良一に続いて這いながらお堂から出てきた、学校で三番目の根性なしだ。

一年生はこれから始まる我慢大会の過酷さを知らないので楽しそうにしている。が、二年、三年の上級生はといえば、今からもう太股や足首を揉んだり、腕や肩をグルグルと回して、これからの説法会に備えていた。

そんな中で、正樹は隣のクラスの明を探して辺りを見回してみる。すると、教師に声をかけられて何かプリントのようなものを渡され、説明を聞いているのを見つけた。多分、説法会の後の食事の段取りなんかを伝えられているんだろう。

毎年説法会の後は近くの宿坊で精進料理を食べることになっている。お膳にのっているのは湯葉やゴマ豆腐や野菜の煮物と、とことん血の気を抜き取られる苦行の一日なのだ。

せっかく明を見つけても、なんだか忙しそうにしているのを見ると、声をかけられなくなってしまった。良一の言ったとおり、時間がたてばたつほど話がしにくくなっていく。

本当は何度か電話しようと思ったりもしたのだ。でも、電話じゃ自分の気持ちをうまく伝えられないような気がして、結局やめてしまった。

週末に和明に言われてからずっと考えていることがある。

『男の沽券がどーのとか言ってるけど、そんなもんは恋愛には関係ないぞ』

何度も何度も考えて、ちょっぴりそうなのかなって思うようになった。でも、朝のゴミ出しや、洗濯干しとセックスは違う。家事をしている男を女々しいなんて思わないけれど、明に抱かれて甘えた声を上げている自分はどうなんだろう。

『男気のみせどころはそんなんじゃないだろ』

とも言われた。でも、何をやっても自分より優れている明に対して、自分がどんな男気をみせられるって言うんだろう。

寺の庭をうろつきながらそんなことを考えていると、良一が来て正樹の肩を叩いた。

「おい、出るときは一緒だぞ」

二年連続「学校一の根性なし」のレッテルを貼られるなら、一緒になと言いたいんだろう。言われなくても、相変わらず根性なんてまったく持ち合わせていない正樹だから、良一が退出する頃には一緒にお堂の外に向かっているだろう。

　そして今年も教師、生徒がズラリとお堂に並んで座禅を組み、説法会は開始された。


「さて、今年は何人が最後まで残っていることやら…」

　今年も、去年と同じ言葉で住職の説法は始まった。

　広いお堂の真っ正面に座る住職の背には黒光りした阿弥陀如来像。その左右には観音菩薩と勢至菩薩。どれも鎌倉末期のもので、美術的価値も高く、大変有り難い仏像らしい。が、正樹達にしてみれば、言われてみて初めてそうですかってな感じ。それに今に仏像なんて見ている余裕はなくなる。

　最初は誰もが真面目な顔つきで話を聞いているけれど、五分もしないうちに尻をモゾモゾさせる者があらわれる。

　特に一年生は、せいぜい一時間くらいなんて甘いことを聞かされているもんだから、いつ終わるとも知れない住職の話にだんだん顔色が変わってくる。

　それでも今年の一年生は、去年の正樹と良一よりははるかに根性があるらしい。説法が始まってから三十分を過ぎても、今のところ退出者は出ていない。

「…というわけで、人の世は縁というもので考えることができるのです。たとえば雨は人の思惑に関係なく降る。自分に都合がよければいい雨で、悪ければ悪い雨と考える。しかし、これは人の勝手な思惑です。自分の思惑で、いい雨だとか、悪い雨だというのは人間のおごりです。人とつき合うときも、自分の思惑だけでいい人だとか、悪い人だと決めつけては本質を見誤ってしまう」

今年で八十八歳になるという住職の口は、まるで腹話術の人形のように機械的に動いている。が、その声はマイクを通して朗々とお堂に響きわたっていた。もっとも、座禅を組んでいる生徒達のほとんどはその言葉の意味を理解する余裕なんてない。

説法が始まって四十分。ついに今年最初の脱落者が出た。一年生の数人がヨロヨロと這いながらお堂の隅の障子を開けて外へと出て行く。

それを見た二年、三年の上級生はホッと胸を撫で下ろす。とにかく、自分が最初の脱落者でなければいい。これで上級生の面目は守られた。あとは我慢の限界がくれば、すみやかに這い出すばかりだ。

すると、いきなり隣の良一が正樹の膝をつつく。そろそろ出ようという合図だ。が、正樹にそのつもりはなかった。実は住職の話が聞きたかったのだ。

去年は、恐ろしく退屈で寝てしまいそうな話なのに、足が痛くて眠るわけにもいかないという、痛し痒し地獄を味わった。でも、今年はなんだかその話がおもしろい。

もちろん、半分以上は「なんのこっちゃ?」ってな話だけれど、ときどき「そうなのかな?」って思うことがある。

チラリと見れば、斜め後ろに座っている明は去年と同じように涼しい顔をして住職の話を聞いている。

正樹は良一に向かって小さく首を横に振ってみせた。すると、良一は呆れたような顔をしたかと思うと、肩を竦めて一人でお堂を出て行く。

今ではお堂に残っているのは全校生徒のうちの約半分。教師も、正樹の担任を含めて、すでに数名が退出していた。

そんな情けない状況を見ながらも、住職はまるで心乱されることなく話を続ける。あるがままの状況を慈悲の心で受け入れるってやつなんだろうか。さすがにえらい坊さんって言われているだけのことはある。話を聞く態度がなっていないと、講演の途中に怒り出すようなエセ著名人とか、政治家とは違うのだ。

「自分の思惑ではなく、物事の本質を知ること。これが大切なのです。見栄や欲で目が曇っていると本当に大事なものを見落としてしまう。素直な気持ちで目の前の問題に向かい合えば、おのずと何を大切にして、何を捨て去らなければならないかが見えてきます」

そう話す住職の言葉は抽象的で、わかるような、わからないようなって感じ。でも、その話はどこか和明が言っていたことに似ているような気がした。

もし、和明にアドバイスを受けていなかったら、正樹も良一と一緒にさっさとお堂を出て行っていただろう。

自分の本当の気持ちは明が好きってこと。でも、男なのに抱かれているなんて女々しいんじゃないかって思っていた。そして、人からもそう思われるのが嫌だった。

でも、それが見栄なんだと思った。人からはこんな風に見られる自分でいたいって思っている自分がいる。それのせいで、本当の気持ちを素直に認められない。結局はそういうこと。

光にキスしたのも、自分だって男らしいんだって言いたい欲があったから。考えたら、なんだか自分勝手もいいところ。

(俺、謝らなくちゃ。明にも、光にも)

そう心に決めたとき住職の説法が終わった。

「ほぉ～、今年は結構残りましたなぁ。まぁ、こんなおいぼれの話でも役に立つことがあればよいですな。はい、ではみなさん、また来年」

正樹の目から鱗を落としてくれた住職は、あくまでも淡々としたもので、そんな決まり文句を残してお堂から出て行った。

最後まで説法を聞いていた強者どもも次々と立ち上がって、外の空気を吸うためにお堂を出て行く。そして、正樹もそうしようと思った瞬間だった。

「あううううぅ～」

立ち上がろうとした足にまったく力が入らず、ビリビリに痺れていて感覚がない。思わず畳に突っ伏して、声にならない悲鳴を上げながらのたうってしまう。

皆がお堂から出て行ってしまっても、まだ痺れきった足は回復してくれない。去年は三十分という学校創立以来最低の記録を打ち立てた自分が、三時間も座禅を組んでいたんだから、こうなっても当然かもしれない。それにしても、誰か助けて。

「おーい、正樹、メシだぞ。みんな移動すんぞ」

そのとき、お堂の外から良一の呼ぶ声が聞こえた。

「うわーっ、置いていくなよぉ。俺もメシ…くぅ、イタタタ…」

お腹は空いているのに、足が動かない。やがて良一の声も聞こえなくなって、広いお堂にポツンと一人残されてしまった。

(冗談じゃないぞー)

さっきまでは人が溢れていたからなんともなかったが、こんな広いお堂で阿弥陀如来像と二人きりだなんて怖すぎる。それは阿弥陀如来にメチャクチャ失礼なんだが、怖いものは怖い。

昼なお暗い山奥の寺のお堂に取り残され、ジタバタしているなんて、人が聞けば笑い話かもしれないが、正樹にしてみれば泣き出したい気分。

「誰かぁ〜、助けてぇー」

力の入らない足を投げ出して、お堂に大の字になってうつ伏せていると、ふっと頭上に人影が見えた。

「良一ぃ〜、戻って…」

きてくれたのかと顔を上げてみれば、そこにいたのは良一じゃなかった。

「あ、明…」

「大丈夫か？」

そう聞かれて、反射的に「大丈夫」と答える。が、もう一度立ち上がろうとしたら、そのままバタッと畳に倒れ伏してしまった。

（な、情けねぇ〜）

すると、明が正樹に背中を向けてしゃがみ込んだ。

「おぶされよ」

「えっ？」

「みんなもう宿坊に移動したから」

いくら腹が減っているからって、生徒の一人がここでのたうっているのに、教師までが見捨てていってしまったのかと恨みたくなる。

「今年は住職の話が長かったからな。予定が押してるんだよ」

「えっ、そうなの？」

「去年は三時間だったけど、今年は三十分ばかり長かった。よっぽど興が乗ったんじゃないのか。今年は残った人間が多かったからな」

それにしても、三時間半も座禅を組んでいたのかと思うと、改めて足がジンジンと痺れるような気がした。

「ほら、早く行かないと、精進料理さえ食いっぱぐれるぞ」

そう言われて、腹の虫がグゥーっと鳴った。

「す、すまーん」

正樹はもう穴があったら入りたいような気分で明の背中におぶさった。ああ、俺の男気ってどこさって気分だ。

でも、久しぶりに聞く明の声。そして、触れる明の温もり。ケンカして離れていたのはほんの数日だったのに、なんだかとても懐かしい気がした。

きっと明はまだすごく怒っているはず。おぶさっている背中がなんとなく頑ななのがわかる。で

も、クラスの委員をやっている使命感だけで迎えにきてくれたに違いない。

たとえどんな理由であってもいい。こうしてやっと顔を合わせて、話すことができた。だから、謝らなくちゃって思った。でも、気持ちが胸の中で空回りする。何から言えばいい？　どんな風に切り出せばいい？　正樹が迷っていると、明がボソリと言った。

「正樹はそんなに光のことが好きなのか？」

「えっ…」

やっぱりものすごく気にしているらしい。

光のことが好きか？　って聞かれたら答えはイエスじゃない。

光のことは好きだった。でも、それ以上に本当は明が好き。それが今の正樹の正直な気持ち。でも、どうやって伝えたらいいのかわからないだけ。

「あのさ、俺、謝ろうって思ってた。バカな真似をしたって思ってる。でも、自分でも誰が好きかわからなくなっていたんだ。だから…」

正樹が言葉に詰まると、明が小さく溜息を吐いたのがわかった。呆れられても仕方がないってわかっている。

「俺さ、正樹が初めて話しかけてくれたとき、すごく嬉しかったんだよ。でも、興味があるのは俺じゃなくて光なんだってわかったとき、自分の兄貴が憎くなるほど嫉妬したな」

明のそんな気持ちを聞かされて、胸が締めつけられるような気分。今まで、明の気持ちを聞いてもなんとなく聞き流していたり、照れて真面目に受け止めようとしていなかった。

「この間のこと、光から全部聞いたよ」

途端、後悔の念にかられた正樹の心が鈍く痛み出す。

「正樹が光にキスしたことも聞いた」

正樹が黙っていると、明は淡々と話し続ける。

「光はさ、正樹がそんな気持ちで俺とつき合っていたなんて全然知らなくて、えらく驚いていた。俺と光の間には今まで何一つ隠し事ってなかったんだ。でも、正樹の本当の気持ちだけは光に教えなかった。俺、初めて光に秘密を持ったんだ。だって、たとえ兄貴でも正樹だけは渡したくなかったから」

学校の正門で初めて二人を見かけたときのことが脳裏に蘇る。まるで恋人同士のように見えた光と明の姿。

「光は俺がずっと正樹に片想いをしていたのを知ってたからさ、あの日突然家にお前を連れて来たのを見て、てっきり俺が告白したって思ったんだよな」

そういえば、玄関先で「ちゃんと告白してえらい、えらい」なんて明の頭を撫でていた光。そんなこともいまさらのように納得してしまう。

「光に秘密を持つのは嫌だったんだけど、あいつには彼女がいたし、もともと男には興味がない奴だしね。正樹を初めて抱いたあともずっと内緒にし続けてたよ。だから、あいつ正樹にキスされて、ものすごく驚いてた。ショックだったみたいだ。いろんな意味でね」

そりゃそうだろう。彼女に失恋したばかりのときに、弟の恋人だと思ってた奴に迫られて、さらに双子の弟が自分に秘密を持っていたなんてことまで知らされて……。

自分の欲望だけで行動した正樹は、言い訳のしようもないおバカさんだ。

「あの、そのことは俺が悪かったから。だから、二人はケンカしないでくれよ」

本当に、自分のせいでケンカなんてしてほしくない。

「俺達は双子だからさ、ケンカできないんだよ。お互いの気持ちが痛いほどわかるから、光が苦しいと俺も苦しいし、光が楽しいと俺も楽しくなる。だからケンカしようと思ってもできない。姿形は全然似てないけどさ、不思議なもんだよな」

そういうものなんだろうか。正樹が考えていると、明が急に懐かしそうに思い出話を始めた。

「ずっと昔なんだけどさ、俺達がまだ小学生の頃。光が誘拐されたことがあるんだ。ほら、あいつって可愛いだろ」

「えっ、誘拐？」

そんなとんでもない目にあっていたのか。でも、あの可愛さなら今でも月に二、三度誘拐されているって言われても不思議じゃない。

「近所に住んでいたアル中の男に目をつけられてさ、学校帰りにそいつのアパートに無理矢理連れ込まれたことがあったんだ」

なんだか急にヘビィな話になってしまい、なんて答えたらいいのかわからなくなる。

「そのとき、光が心の中で何度も俺のことを呼んだんだ。今こんな場所にいて、そばにいるのはこんな男で、ものすごく怖いから早く助けてってさ。俺には光の声が聞こえたんだ。光がすごく怖がっているのがわかって、俺も泣きながらそれを必死で両親に言った。そしたら、数時間後に光は見つかって、犯人は逮捕されたんだぜ。なっ、双子って不思議だろ」

明の背中におぶさって光の話を聞いている。二人の繋がりは、やっぱり普通の兄弟とは違うんだなぁってしみじみ思ってしまう。

だったら、自分が光にキスしたとき、明はどんな気持ちだったんだろう。

あのとき、光は失恋したばかりなのに、正樹に突然迫られて、明の気持ちを考えてしまいきっとつらかったんだろう。そして、明は明で光の困惑を感じながら正樹の裏切り行為を目の当たりにして、さらにつらかったんだと思った。

「あのさ、ごめん…」

思わずそう言って、明の肩に顔を埋めた。でも、明は何も答えない。すると、正樹の目から涙がボロボロとこぼれて落ちた。

なんで泣いているんだろう。どうしてこんなに胸が痛いんだろう。自分よりもっともっと傷ついているのは明だってわかっている。それなのに先に泣き出してしまう弱くて狡い自分。

そのとき、明の肩越しに、鬱蒼とした山道に建つ宿坊が見えた。

ようやく足の痺れも取れて、自分の足で立てるようになっていた正樹は明の背中から下りる。そして、手の甲でぐいっと涙を拭くと言った。

「あの、サンキュー。助かった」

明は無言のままで首を横に振る。しばらくの沈黙があって、囁くような声が聞こえた。

「正樹…」

名前を呼ばれて顔を上げると、明と視線が合ってドキッとする。

「こんな風に正樹を泣かせるつもりじゃなかった。そんなつらそうな顔はさせたくない…」

その言葉に胸がぎゅっと締めつけられた。明はふっと視線を逸らすと、本当に困ったように髪を掻き上げて呟いた。

「やっぱり俺が泣かせたんだよな…」

違う、そうじゃないと言おうとした瞬間、明が正樹の体を自分の胸へと引き寄せた。

「明、俺…」

やっぱりこの腕の中がいい。この腕の中にいると安心できる。正樹は明の背中にそっと手を回してみた。こうしているとなんだか抱かれているだけって気がしない。自分だって明を抱き締めて、その傷ついた心を慰めてやれるんじゃないかと思った。

（まぁ、傷つけたのは俺なんだけどさ…）

自分だって明にそんなせつない顔をさせるつもりなんてなかった。だから何か言わなくちゃって思っているのに、言葉が上手に選べない。

それでも、どうにかして自分の気持ちを伝えたくて、両手に力を込めてみた。すると、せつなそうに曇っていた明の顔がほんの少しだけ弛むのがわかった。

「正樹ぃーっ。おーい、生きてたかーっ？」

そのとき、宿坊の外門から良一が出てきて正樹の名を呼んだ。どうやら昼食の席に着いて、初めて正樹がいないことに気がついたらしい。申し訳なさそうにこちらに向かって走ってくる。

その姿を見るなり正樹はハッとして、明の背中に回していた手を離してしまう。その途端、せっかく柔らかな表情に戻りそうになっていた明の顔が、あからさまに強ばるのがわかった。

「あっ、あの、俺…」

正樹がしまったと思ったときには遅かった。明はこちらに向かって走ってくる良一を見ながら、すっかり感情を押し殺した顔つきになっていた。

「すまん。まさかお前が最後までねばっているとは思ってなくてさ。すっかり忘れてたぜ」

良一はものすごく薄情なことをヘラヘラと言いながら、息を切らしてそばまでやってきた。が、突然「あっ」と声を上げて、その足を止める。

「あ、あれ？　高山？　あっ、そ、そう。いや、悪い…。邪魔だったかな」

正樹と一緒にいるのが明だとわかると、タイミングが悪くてすみませんとばかり頭を掻きながら、一歩、二歩と後ろに下がっていく。

それはもう、抜群のタイミングの悪さだった。

せっかく自分から明の背に手を回しておきながら、良一にそんな場面を見られるのは恥ずかしいと思っている自分。そして、また明をこんな風に傷つけてしまった。

自分の見栄を悟っても、それをすぐに捨て去れないのが人間の弱く、悲しいところ。

(ああっ、俺のバカ…)

三時間半の座禅の意味もないじゃんと、思わず自分を詰った。

明はさっと正樹から離れると一足先に宿坊に向かう。途中、そこに立っている良一の肩をポンと軽く叩いていく。それはまるで正樹のことはまかせたというように。

明を見送りながら正樹は「はぁ～」と大きな溜息を吐いた。見れば、良一が目の前で両手を合わせて詫びている。

(俺は阿弥陀如来じゃないってーのっ)

いくら手を合わせて拝まれようが、詫びられようがどうしようもない。

◇◆◇

課外授業から帰ってきた日の夜、夢を見た。

学校帰りのどこかの道だと思う。メソメソと泣いている子供が正樹の前に現れた。子供って苦手。でも、自分のすぐそばで泣かれたらやっぱり気になってしまう。

『どうしたんだよ?』

と、その子の前にしゃがんで顔をのぞき込んでみたら、目に涙をいっぱいに溜めた子供は光のようだった。

『光?』

正樹がそう言うと、その子は小さく首を横に振った。違うのかなとじっと見てみるが、やっぱりその愛らしい顔は光だった。

『光だろ？　光じゃないか。なんで泣いてるんだ？　誰かに虐められたのか？』

正樹が肩に手を置いて聞いた。その途端、少年の手が正樹の手首を強い力で握り締める。ハッとしてつかまれた手首を見ていると少年が言った。

『光じゃないよ』

きっぱりとした声に正樹が顔を上げると、そこにいたのは光じゃなくて明だった。それもいつの間にか高校生バージョン。

『うわっ、あ、明…』

どうやらさっきのは光とまだ見分けのつかない十歳頃の明だったらしい。それが一瞬にして、光とは似ても似つかない姿に成長してしまった。

夢の中の明は現実の明と同じように強引で、意地悪で、そして優しい。

『ほら、こっちへこいよ』

と言って手を引かれたら、フラフラとついていってしまう自分。どうしようもなく弱くて、明の手を拒む術を知らない自分もまた同じだった。

『脱げよ』

『えっ、でも…』

ここがどこだかわからないから、裸になるのはなんだか不安。正樹がおずおずと辺りを見回していると、明はさっさと自分のブレザーを脱ぎ捨ててしまう。

『誰もくるわけないだろ。俺とお前しかいないよ。だから早く脱げ』

そう言われて、正樹も制服のブレザーに手をかける。明の手が急かすように乱暴に正樹のそれをはぎ取ろうとする。

『ちょ、ちょっと待って。ちゃんと脱ぐからさ』

正樹がそう言っても、明の手は止まらない。強引にシャツも脱がされ、ズボンの前も開かれて、そのまま押し倒されたのはいつもの明のベッド。あれよあれよという間に素っ裸に剥かれて、正樹の上に明の体が覆い被さってくる。

その重さがなんだか心地いい。「ああ、明なんだ」って思える確かな感触が嬉しい。

何度もキスされて、体中が疼きだしている。明がほしいって思っている自分が恥ずかしいけれど、それでも明に触られたところはどこもメチャクチャに感じてしまう。

『正樹、どうしてほしい？』

『そういうこと、聞くなよっ』

正樹はいつものようにそっぽを向いて明の言葉に答えない。すると、明が正樹の手を取って自分の股間へと持っていく。

『ほら、俺こんなになってんの。正樹がいるだけでこんな風になっちまうんだ』

そっと手を置いたそこはすごく熱くて固い。そして、俯いてそれを見たとき、自分でも信じられない衝動にかられた。

《これ、嘗めたいなぁ》

と自分で思ってから、ハッとして頭を振った。そんな正樹の表情をうかがうようにして明がたずねる。

『嘗めたい?』

『えっ…』

どうして考えていることがわかったんだろう。思わず真っ赤になって顔を逸らすと、明がニコッと笑う。

『いいよ。嘗めても。ただし、俺にも嘗めさせてくれたらな』

そう言ったかと思うと、一度正樹を抱き起こし、今度は自分の方が仰向けになってベッドに体を沈めた。

『ほら、俺の顔をまたいで』

『そんなこと…』

できないと言おうとしたら、明が人差し指を立ててそれ以上を言わせないようにする。そして、その立てた指を今度は自分の方へと向けて、クイッと曲げてみせる。

『早くこいよ。この格好なら後ろもいじってやれるしな』

そんな言葉を聞いてゾクゾクっと体に震えが走った。怖いからじゃないし、もちろん嫌悪や羞恥からでもなかった。それは甘くて淫らな期待のせい。

恐る恐る明の顔をまたいでみたら、さっき嘗めてみたいと思ったそれが目の前にきた。どうして男なのに男のモノなんて嘗めたくなってしまったんだろう。よくわかんないけれど、ただ一つわかっているのは、それが明のモノだから。

人気のない生物室で、初めて明のモノを口にした日を思い出しながら、そっと唇を寄せてみる。その瞬間、「あっ」と声が漏れたのは、正樹もまた明の舌の感触を自分の股間に感じたから。

明の動きを追うように、正樹も一生懸命唇と舌を使った。

『んんっ、あはぁ…っ、くっううう…』

与えられる快感に喘いでいると、閉じることを忘れてしまった唇から唾液が滴り、明の太股やヘアを濡らしていく。

それをぬぐい取るようにそこにも丁寧に舌を這わせていると、明の手が正樹の双丘を左右にぐっと割り開いたのがわかった。体の奥の奥が明の目の前に晒されて、思わず恥ずかしさに声が出た。

『い、嫌だよぉ』

『どうして？　入れてほしくないの？』

黙って答えないでいると、正樹の敏感な部分に向かって明がふぅっと小さな吐息を吹きかける。

『入れてほしくないにしては、随分とヒクヒクしてんだけど』

本当は入れてほしい。正樹にとってそれを言うのはいつだって、ものすごく勇気のいること。でも、言わなければもらえない。

『い、入れて…』

『何を？』

意地悪く聞く明。反対の方向を向いている正樹にはその顔は見えないが、どんな表情をしているかなんて想像がつく。でも、悪態をつけるほど余裕のない正樹は掠れた声でねだる。

『指…。指でいいから、入れてよぉ』

正樹の言葉を聞いて、明はようやく満足したようにそこへ指を潜り込ませてくる。

『最初は一本からな』

と言いながらも、その指はすぐに二本になり、やがて三本になって正樹に少しばかりの苦痛を与えるようになる。

『い、痛いよ、痛い。三本は嫌だ』

明への愛撫を忘れて、正樹が喘ぎながら言う。それでもまだ明の顔をまたいで股間を晒している。

やがてその格好にも疲れてきて、ベッドに肘をつけると、明が突然正樹の体から指を引き抜いてしまった。

『ひぃあ…っ』

そう言うと、背中から胸に回した手で正樹の体を抱き上げる。いきなり指を引き抜かれたそこが、中途半端な快感を残されたままになっていてつらい。だからもう何もかも忘れて腰を振り、身を捩ってねだる。

『つらいんだろ。体を起こしていいよ』

『ね、ねぇっ、もっと、やって。もっと入れて。こんな風に終わりにしないでくれよ』

正樹は明の方へ向きなおり膝に座ると、一秒だって待てないといった様子で訴える。

『いいよ。でも、今度は指じゃなくてこっちだ』

そう言って、明が自分の股間を指差した。

『正樹、上から自分で入れて』

『えっ、俺がやるの？』

『そう、自分で入れて、自分で動いてみなよ』

そんなことは一度もしたことがない。でも、今の自分はどんなことでもしてしまう。どんなことでもできる。言われたとおり、固く窄まったそこを自分の指で開くようにしながら、明のモノを飲み込んでいく。

『あっ、ああ…。くっ…ううっ…』

　思わず漏れた呻きは慣れない角度の圧迫感のせい。ソロソロと体を沈めていくと、さっき突然体の奥から消え失せた、甘くて淫らな感覚が蘇ってくる。この感じがたまらなくて、もうどうなってもいいと思ってしまう。

『動いて』

　と言われて、目尻に浮かんだ涙を手の甲で拭ってから明の両肩に自分の手を添えた。そして、ゆっくりと体を上下させる。

『いいっ、すごくいいっ、正樹。もっと動いて』

『あっ、お、俺もいいっ。どうにかなるっ、もう…ダメだ』

　自分の淫らな格好にさらに煽られてしまう。

『正樹、正樹…』

　体を繋げていても、どこかせつなそうに正樹の名前を呼ぶ明の声。その声を聞きながら正樹もまた明の名前を呼んだ。

『明ぁ…。俺、お前のことが好き。大好きなんだ。こんなことだってできちゃうくらい好きなんだもん』

　すると明が嬉しそうに笑って、正樹の胸に唇を押しつけながら答える。

『俺も大好きだよ、正樹…』

囁くような明の声がいつまでも正樹の耳に響いている。自分の名前を優しく呼ばれるのがこんなにも嬉しい。もっともっと呼んでほしい。

そう思っていた、そのときだった。

「正樹っ、正樹ってば。いつまで寝てるのー。良一くんから電話が入ってるわよ」

階段の下から呼ぶ母親の声で目を覚ました。

ガバッと起きあがったとき、パジャマのズボンがなんだかベタベタとしているのに気がついた。

嫌な予感がして、シーツをめくり自分の股間を見たら…。

（ウッソー、マジかよー）

案の定、やってしまっていた。明に抱かれる夢を見て夢精…。

（そんなに飢えてんのか、俺は）

と自問してみても、動かぬ事実が目の前にあるんだからどうしようもなかった…。


秋の課外授業が終わったら、あとは期末テストを乗り越えて冬休みを待つだけ。

でも、とりあえず課外授業の翌日は臨時休校。すっかり血の気を抜かれた翌日は、誰もが飢えたように肉を食う。正樹も良一に呼び出されて、フライドチキンをたらふく食べた。やっぱり若者には動物性蛋白質が必要なのだ。

「ふぇ〜、食った、食った」

脂ぎった口元を紙ナプキンで拭きながら良一が言う。横で正樹も頷きながら、コークをストローですすり上げる。

「ところでさ、お前いいのか？」

口を拭いた紙ナプキンを丸めてトレイの上に投げた良一が正樹に向かってたずねた。

「いいって、何が？」

「いや、高山と仲直りしたんじゃねぇの？　せっかくの休みなのにデートとかしないわけ？」

正樹はファーストフード店の安っぽいシートに深く座り直し、良一の方をチラリと見た。それからふぅっと小さく溜息を一つ吐いてみる。

「まだ完全に仲直りできたわけじゃないからさ」

「えっ、そうなのか？　昨日、宿坊の前でいい感じだったじゃねぇか」

「まぁな。誰かさんが絶妙のタイミングでやってこなけりゃ、バッチリ仲直りできてたかもなー」

正樹が開き直ったように言ってやった。良一は藪をつついてヘビを出してしまったとばかり、いきなりそっぽを向いて、ウーロン茶の入った紙コップに手を伸ばす。

「それにしてもよ、ケンカの原因はなんなんだよ？　お前らが仲違《なかたが》いしてるとさ、学校中がピリピリしちまって、どうもよくないんだけどなぁ」

　そんなこと、しみじみと言われても困る。

「原因はさ、俺だよ」

「いや、それはわかってんだけどな」

　相変わらず正樹の方が悪いと決めつけている言い方は気に入らないが、事実だからしょうがない。そして、もう問題をうやむやにしておくのも面倒なような気がして、すっぱりと言ってしまった。

「俺が光にキスしたから、あいつ怒ってんの」

「えっ？」

　正樹の言葉を聞くと、良一は手にしていた紙コップをテーブルに置き、目を見開いた。無理もない。それから、なんとも複雑な表情を浮かべたかと思うと言った。

「そ、そりゃマズイだろ」

「うん。マズかったって思ってる」

「でさ、実際のところ、お前と高山ってどうなってんの？」

　学校ではしっかりツルんでいると思われているし、それ以上の関係があっても不思議じゃないとみんなが思っているのもわかっている。

ただ、正樹が必死で明の口止めをしてきたから、決定的な二人の関係についてはバレていないだけ。良一だって昨日、宿坊の前で正樹と明を見なければ、あくまでも冗談で二人の関係をひやかしていたところはある。

「どうって？」

「高山がお前に夢中なのはわかるけど、お前の方はどうなんだよ？」

良一にズバリ聞かれて、正樹はしばし黙り込む。

「お前らってさ…」

ちょっと間をおいて言い淀んでしまったので、正樹の方から言った。

「うん。エッチしてるよ」

すると、良一は納得しましたとばかり頷いた。

「気色わりぃ？」

今度は正樹がたずねた。そんなことを聞かれるとは思わなかったというような顔で良一は首を横に振る。

「いや、べつに」

「べつにってさ、それだけ？」

「それ以上何を言えってぇの？」

正樹が人生最大級の秘密を思い切って打ち明けたというのに、それっぽっちの反応ってのはないんじゃないか。もっと「えーっ！」とか、「わぁーっ！」とか叫びながら、その辺でひと暴れしろって思うのは間違っているんだろうか。

「俺はさ、エッチしてんだよ、あいつと。あいつさ、うまいんだよ。見てのとおりのむっつりスケベでさ、抱かれてみなよ。もう絶対誰でも泣くって」

「泣かされてんのか？」

「そりゃもう、ヒィーヒィーとなっ」

そこまで言ってしまったら正樹だって引くに引けない。二人してテーブルを挟んでじっと向かい合っている。が、良一は変わらず涼しい顔のままだった。

ここで自分がキレてどうするよとか思いながらも、良一のリアクションの少なさに思わずこめかみに青筋を立ててしまう。

「おいっ、ちっとは引けよ」

「なんで？」

「俺はホモで、それも明に抱かれてんだぞ。あの天使みたいに可愛い光を抱いてんじゃない。この俺様が抱かれてんのっ」

「べつにいいじゃん。その反対なら絵的につらいもんがあるから、半歩くらい引いてやったかもしれないけどな」

正樹が明を抱いてヒィーヒィー泣かせる？　それじゃ良一が引く前に正樹が引いてる。

良一は改めてウーロン茶の紙コップを手にすると、ストローで一気にそれを飲み干してから言った。

「お前さ、そいつが甘党とか辛党とかで友達になるかどうか決めるか？　女はみんな甘いケーキが好きじゃないとダメなのか？　男は誰もブタキムチラーメンが好きじゃないといけないんかよ？」

正樹は睨み合っていた視線をふっと逸らすと、眉をハの字に下げる。

「おいおい、それとこれとは…」

違うだろうと言いかけた正樹の言葉を遮って良一が続ける。

「一緒だよ。少なくとも俺にとっては変わらんな。ケーキが好きな男が女々しいとか、ブタキムチラーメンをがっつく女が女らしくないとか、関係ねぇよ。そんなことで人を判断してたら人間関係がミクロの狭さになんぞ」

「それはそうだけどさ、生理的に受けつけないとかってあるじゃん」

正樹は恐る恐る聞いてみる。

「それも関係ないね。お前がつき合ってるから俺も高山と話すようになったけど、あいつってなかなかおもしろいじゃねぇか。見た目ほどカタブツでもないし。意外とユニークな発想とかするしな。

ダチとしては申し分ないだろ」

良一の言葉に思わず頷いてしまう。

（それに、お前ら揃ってかなりのゲーマーだもんなぁ…）

という二人の共通の趣味はともかく、本当に友達としても明は魅力的な人間だ。

「おまけにあんだけ惚れられて、体の相性もよくて、セックスも気持ちいい。何を文句を言うことがあるんだよ。俺にしたら、ヘロヘロと浮気しているお前の行動の方が信じられないな」

光にキスしたことを指摘されて、正樹は改めてしょんぼりと俯く。

「光は恋人の兄貴なんだぞ。お前、そういう態度はマズイよ」

そう言うと、良一は自分のトレイを持って席を立つ。正樹も同じように席を立ち、後片づけをしながら言った。

「わかってるよっ。だから、今反省中」

「反省は態度と言葉で示せ」

なんで良一にこんな風に説教されているんだろう。入学当初からテストの赤点の数を競い、ともに「学校一の根性なし」のレッテルを貼られていた者同士だったのに。でも、良一が友達で良かった。

こうやっていろんな人に相談してみれば、みんな言葉はそれぞれだけれど、同じことを教えてくれた。それは正樹の悩みがとてもちっぽけだということ。和明も寺の住職も、そして良一も「男」と

してなんて一言も言わなかった。それより「人」として考えろって言われたような気がする。

良一と並んで歩きながら、正樹は決めた。

(明日、学校へ行ったら一番に明に会いに行こう。それから、自分の口でちゃんと明が好きだって言うんだ)

そう思うと急に心が軽くなった。

CDショップへ行く途中、正樹は隣を歩いている良一を見るとその場で立ち止まり言った。

「あのさ、良一。サンキューな。お前が友達で良かったよ」

すると、同じように立ち止まった良一がざざっと一メートルほど身を引いた。

「熱でもあんのか？　お前から礼を言われるなんてよぉ、気色わりぃー！」

そんなことを言う良一を見ながら、正樹は握った拳を震わせる。

(おい、ここは引くところじゃないだろっ…)

◇◆◇

翌日、すっきりした気分で登校した正樹は自分の教室に鞄を置くと、すぐに隣のクラスに向かった。

「明～、明、いる？」

そう叫びながら明のクラスに入って行ったが、そこに明の姿はなかった。

「高山ならまだ来てないよ。伝言があるなら伝えるぜ」

明のクラスの親切君の一人がそう言ってくれた。でも、今の正樹の気持ちは絶対に人に託したりできないもの。

「じゃ、いい。出直す」

そう言って明のクラスを出て行こうとしたとき、みんながボソボソと口にしている言葉が正樹の耳に入った。

「今日は遅いよな、高山の奴」

「ホント、ホント。あいつっていつも二十分頃には来てるのに」

でも、まだショートホームルームの鐘も鳴っていない。今に来るだろうと思って自分の教室に戻った正樹だけれど、ちょっぴり不安になる。

（あいつ、いろいろ雑務をまかされてるし、この間の課外授業のときも世話役やらされてたもんなあ）

一番世話をかけたのが自分だってわかっているだけに、もし明が病欠だったらどうしようと思ってしまう。

ここのところ正樹ともケンカしていたから、学校でもなんとなくみんなから浮いていた。デカイ体をして、どんなことにも動じないような面構えをしているけれど、案外繊細で寂しがり屋だったりする明なのだ。心労でダウンなんてことじゃないといいんだけれど。

トボトボと自分の教室へ帰ってくる途中、正樹はぼんやりと考える。

明は正樹と一緒にいるようになって友達が増えたと言っていた。そして、それをとても嬉しそうに話していた。あのときはあんまり真剣に考えず、自分でも明に感謝されることがあるんだってささやかな優越感に浸っただけ。

でも、こういうことをもっと大切に考えればよかった。そうすれば、自分が男なのに抱かれているとか、そんなつまんないことで悩むこともなかったのに。

自分は明に甘えていただけじゃなかった。明だって正樹を抱くだけの存在として扱っていたわけじゃない。

(今頃気づくなんて、遅すぎるよ、俺…)

自分がどれほど浅い部分で人を好きになったり、好きになられたりしていたかようやくわかった気がする。どうりで今までどの女の子とも続かなかったはずだ。

しょんぼり教室に戻ってきた正樹を見て、良一が心配そうに声をかける。

「どーした？　高山と話したのか？」

「ううん。まだ来てなかった」

黙って頷いた良一。それから昨日テレビで見たドラマの話や、今やっているゲームのことなんかを話し出す。どうでもいい話題で気を紛らわせてくれる、その何気ない思いやりが嬉しい正樹だった。


その日、明は学校に来なかった。明が学校を休むなんて本当に珍しい。

用事を頼もうと思っていた教師が明の欠席を知って、困ったように教員室へ戻っていくのを何度か見かけた。

見た目はハッとするほどいい男だけれど、性格や行動は落ち着いていて意外に地味な明。だけど、いなくなってみると、やっぱりその存在感の大きさにびっくりしてしまう。

「結局休みだったのか、高山の奴」

放課後、帰り支度をしていると、良一がそうたずねてきた。

「うん」

「まっ、明日は来るだろうさ」

ただの病欠ならそうだろうけれど、そうじゃなければと思うと、いろいろと身に覚えがあるだけに胸が苦しい。

「俺さ、今日、明んちへ行ってくる」

そう言うと、良一は「そうした方がいい」というように正樹の肩をポンポンと叩いた。

バイトがあって一足先に帰る良一と別れ、正樹は教員室へ行く。どうせ明に会いに行くなら、授業のプリントも一緒に持っていってやろうと思ったから。

明の担任に事情を説明してプリントを受け取ると、改めてロッカーに向かう。そのとき、校庭が騒がしいのに気がついた。

「なぁ、この間の美少年がまたいるぞ」

「えっ、高山の知り合いの子か？」

「明峰の制服着てる奴だろ。誰か待ってんのかな？」

そんな声が耳に入って、光がやってきているのだとすぐにわかった。

正樹は慌てて靴をはきかえると、外へと飛び出して行った。明に話さなければいけないことはいっぱいあるけれど、その前に光にもきちんと謝っておきたい。

失恋で落ち込んでいるのにつけ込んで、キスしてしまうなんて最低。そして、あのとき明が戻ってなければそれ以上のこともしてしまいそうだったなんて、まったくもってとんでもない。とにかく謝って、それからどうして明が今日学校を休んだのかも聞きたい。

正門を飛び出すと、俯き加減で一人立っている光を見つけた。

「光…」

正樹の呼ぶ声に気づいて、光はハッとしたように顔を上げる。その顔が見知った誰かを見つけて安心したようにぱぁっと明るく微笑む。

そして、ツカツカと正樹に向かって歩み寄ってきたかと思うと、いきなりビンタ！

「ぎゃっ！」

思わず声を上げて、のけぞってしまった。華奢な体のどこにこんな力があるんだというような平手打ち。でも、考えたら腕力には自信がある光だった。弓道で鍛えている腕に押さえ込まれて、身動きできないまま明に抱かれたのは、他でもない正樹自身。

「イッテェーッ！」

ぶたれた頬を押さえて正樹が叫ぶ。小気味いいほど響きわたった頬を打つ音と正樹の声に、周りにいた連中もぎょっとして足を止めていた。そんな中で光は真っ直ぐに正樹を見ると言った。

「今のは僕の大切な弟を落ち込ませてくれた分ね」

そう言ったかと思うと、さらにもう一発ペシッと頬を叩かれた。今度は反対側の頬。今のは最初の一撃ほど強烈ではなく、正樹も声を上げるほどじゃなかった。

「で、これは僕に無理矢理キスした分」

「光、痛い…」

ちょっぴり恨めしそうにそう言うと、思いっきり睨まれた。

「あのね、明の心はもっと痛いと思うよっ」

絶世の美少年に殴られて、詰られる正樹の姿はこれ以上ないほどに周りの注目を集めてしまっている。

「おい、正樹が殴られてるぞ」

「無理矢理キスだってよ。あいつ高山とつき合ってたんじゃないのか？」

「今度は美少年か？　守備範囲の広い奴だなぁ」

なんかもうメチャクチャな噂が一人走りしている。けれど、そんなことはどうでもいい。

「なぁ、明の奴どうしてる？　やっぱり俺のせいで学校にこなかったのか？」

正樹はしょんぼりと光に聞いた。光はとりあえず明と自分のわだかまりを平手で返してすっきりしたのか、少し落ち着いた様子で言った。

「ねぇ、ここじゃなんだから歩きながら話そう」

そうして、正樹の手を握ると、そのまま駅へと一緒に歩き出す。

ずっと握り締めたいと思っていた光の手。なのに、今はこうしていてもドキドキしていない。それよりももっと違った、安心感みたいなものがある。明の兄貴だから、光には本当のことを全部言っても構わないんだという安心感だった。

正樹の手を引きながら歩いている、光の華奢な背中が目に入る。こんなに可愛くて、こんなにはかなげだったりするのに、弟を思って一人で正樹に会いに来るなんて、そんな行動力も、その気持ちもとっても男らしい。なんて思っていたら、突然光が振り向いた。

「もういいかな。だいぶ人もいなくなったしね」

通学路から少し離れると学生の姿も少なくなる。これならプライベートな話をしても大丈夫。

「明から全部聞いたよ。正樹が僕のことを好きだったなんて思わなかったから驚いた。それに明が初めて僕に秘密を持ったってのもショックだったし」

「ごめん…」

正樹はうなだれてそう言った。

「でもね、きっかけや理由はどうであれ正樹は明とつき合ってたんだから、あんなことしたら明が可哀想だ。明がどんなに正樹のことを好きかわかってるの？」

わかっていなかったわけじゃない。でも、自分も明がこんなに好きってわかっていなかっただけ。

「俺、本当に最初は光のことが好きだったんだ。以前にもうちの学校の正門に来てたことがあっただろ。ほら、初めてお前んちへ行った前の日。あのとき一目惚れしたんだ。それで光のことを明に聞きに行ったのが始まりだったんだよな」

すると、光はああ、あのときねと思い出したように言う。

「あのときはね、正樹を見に行ったんだよ」

「えっ、俺を?」

そんなこと、初めて聞いた。

「そう。明は毎日正樹のことばかり話していたからね。今日は正樹がこんなことをしていたとか、あんなことを言ってたとか、それはもう嬉しそうな顔でさ。だから、僕も一度その本人が見てみたいって言ってね、あの日、明と江南高校で待ち合わせしたんだよ」

そういえば、あのとき二人でこちらを見て、なにやら意味深な笑みを浮かべていたような気がする。

「正樹はさ、僕の何が好きだって言うの? 顔? 女の子みたいだから?」

改めて聞かれて答えに詰まってしまった。その女の子のような顔のせいで有香子ちゃんにふられたばかりの光に、「うん、そう」なんて冗談でも今は言えない。

「こんな顔なんて僕は気に入ってないのにな。こんな顔のせいで有香子ちゃんにはふられちゃったくらいだし。明みたいだったら良かったのにって何度も思ったことがあるんだ。でも、明は僕みたいだったら良かったのにって思うことがあるって言ってたよ」

「えっ、明がそんなこと言ってたの？」

あんないい男で、女にはキャーキャー言われるし、男にも羨ましがられるような顔をしておいて、何を贅沢なと思った。が、人の悩みはそれぞれだ。

「正樹を好きになってからそう思うようになったんだってさ。自分が女の子だったら正樹に堂々と告白できるって思ったんじゃない」

そこまで言うと、光は一度立ち止まり悪戯っぽい表情で正樹の顔をのぞきこむ。

「正樹って週替わりでつき合っている女の子が違ってたんだって？　だからさ、明もどうせなら可愛い女の子に生まれてれば良かったって思ったんだよ。それがダメなら、せめて自分が華奢で可愛くて、正樹をその気にさせることができるくらいの美少年なら良かったのになんて言ってんの。もうなりふり構わないほど正樹のことが好きなんだなぁって思っちゃったよ」

そんな光の言葉を聞いて、正樹は生まれて初めて、感動するってこういう気持ちなんだなって思った。

「そっか、そんなこと言ってたのか…」

「そう。可愛いところあるでしょ。自分の弟だからってことを差し引いても明はいい子なんだよ。頭もいいし、ちょっと不愛想なところはあるけど気持ちは優しいし、面倒見もいいんだ」

それは正樹もよく知っている。というか、この数ヶ月で充分知らされたこと。そして、二人はまたゆっくりと歩き出す。

「一度懐に入れたモノは上っ面だけじゃなくて本当に大事にするし、ウソはつかないし、それに何よりも純情で、正樹に対してだってあんなに一途なんだよ」

それもわかっている。いや、嫌というほどわからされてしまった。

「明はいい奴だよ。それは認めるけどさ」

「けど何？　明の何が問題なの？　きっかけはどうでも、二人はうまくいってるって思ってたのに。まさかまだ僕が好きだからとか言わないよね？　だって、そんな顔してないよ」

光は初めて見たときの印象のままにものすごく可愛い。今だってキスして、抱けちゃうだろうって思う。でも、言われたとおり、もう光を見ても以前のようなワクワクした気持ちがない。これは恋じゃないって自分でもわかるし、光もそんな正樹の様子を見ていてわかるんだろう。

「いや、問題は明じゃないんだ。問題は俺自身なわけ」

するとと光がどういうことなんだとばかり、身を乗り出して正樹の言葉に耳を傾ける。

「だから、つき合ってみて明がいい奴だってのはわかったし、同じ男としてもいろいろと一目置いてるし、認めてはいるんだ。ただささ…」

「ただ、何？」

光はもう一度立ち止まると、向き直って正樹の顔を見つめる。

「ただ、俺は明に抱かれてると男として不安になるんだ。甘やかされてあいつの腕の中でヘロヘロになって、可愛いなんて言われてると、自分が男としてどーよって思ってさ…」

「何、それ」

「何、それって、つまりそういうことなんだよ。光だって自分が女の子なら俺のこと好きになってくれるって言ったじゃないか。これでも女の子には不自由してなかったのにさ、気がつけば明にいいように抱かれちゃってて、アンアン言わされてる自分がどうしても嫌だったんだ」

心のわだかまりを吐き出してしまい、光の顔を見れば、瞼をまっ平にして呆れている。

「自分は男として抱かれるのが嫌とか、抵抗があるとか言っておきながら、僕には同じことをさせようとしていたわけ？　勝手なことばっかり言ってるね」

それを言われると返す言葉もない。

「悪かったと思ってるよ。でも、あのときキスしたのはさ、まだ気持ちの整理がついていなくて、自分でも誰が好きなのかわかっていなかったんだ」

正樹は光の目を見ながら言葉を探すように話した。

「でも、今はもうわかってるから。俺さ、明に好きって言われて、自分でも大切にしてもらってるって思ったよ。それに抱かれたときだって、いつも嫌じゃなかった。いまさら光に隠し事してもしょうがないから全部言っちゃうけどさ、今でも男の自分が明に抱かれてるなんて奇妙な感覚があるよ」

　黙って聞いている光に向かって、正樹は言葉を続けた。

「抱き合ってるときは夢中でも、学校で何気なく話しているときとかに思い出したら、恥ずかしくてたまらなくなるときがあるもんな。それでも、それ以上に明と一緒にいると楽しいし、嬉しい。だから、俺、やっぱり明と一緒にいたい」

　そんな正樹の言葉を聞いて、ホッとしたように光が笑った。

「そっか。良かった。正樹の正直な気持ちが聞けて安心したよ」

「じゃ、この間のことは勘弁してくれるか？」

　そう確認してみると、光はコクコクと小さな頭を縦に振った。

「男とか女とか、そんなことどうでもいいんだよね。好きなモノは好きでしょうがないじゃない。僕はたまたま女の子が好きなだけで、明は男の子を好きになっただけ。それも誰でもいいんじゃなくて、明が好きなのは正樹だけなんだよ」

　まだ失恋した傷跡も生々しい光を慰めてあげるべきなのに、気がつけばなぜか自分達の方が恋愛相談して、こんな風にアドバイスしてもらっている。

　同じ年とはいえ、やっぱり兄貴は兄貴なんだってちょっと感心していたら光が言った。

「ねぇ、これからうちへおいでよ。明はね、今日はズル休み。家でふさぎこんじゃってるの。正樹が会いに来てくれたらきっと元気になるだろうからさ」

もちろんそのつもりだった正樹はしっかりと頷くと、二人して駅への道を急いだのだった。

◇◆◇

「きっと自分の部屋でゲームでもしてるか、ふてくされてベッドに寝転がってるかだよ。しっかり慰めてやってよね。僕、あとで様子をうかがいがてらお茶でも持っていくからさ」

そう言って、光は一階のリビングへ入って行った。その姿を見送ってから正樹は一人二階へと上がって行く。

明の部屋にくるのも久しぶりのような気がする。明の部屋の前に立って深呼吸を一回。そして、グッと下腹に力を込めてノックする。

「誰？　光？」

部屋の中から明の声が聞こえてきてドキッとした。明の声を聞いただけでこんなに胸がバクバクしているなんて、なんだか信じられないくらい。

そっと扉を開けて部屋の中をのぞきこむ。すると、光の言ったとおり、ベッドの上に寝転がって壁の方を向いている明がいた。

ズル休みだからもちろんパジャマなんか着ていない。ジーンズにトレーナーという姿。そして、床の上にはさっきまでやっていたらしいゲームのコントローラーが放り出してある。

学校では優等生の明らしくない、だらしない格好。でも、そんな姿を見て正樹の胸にこみ上げてきたのは失望なんかじゃない。

(うわぁ、こいつってやっぱり可愛いかも～)

いかにも拗ねて、いじけて、落ち込んでますって姿が妙にいとおしい。思わず庇護欲を刺激されてしまう。

「明、俺だけど」

そう声をかけると、明はハッとしたようにベッドの上で体を起こしこっちを向いた。その顔が一瞬嬉しそうに輝いたから、正樹の方まで嬉しくなった。でも、すぐにそんな笑顔は消えて、明はそっぽを向いてしまう。

「なんで来たんだよ?」

そっけなくそんなことを言う。

「なんでって、お前が学校休んでたからさ、なんか心配になって…」

そう言うと正樹は自分の鞄を開いて、教師から預かってきたプリントを取り出した。

「これ、持ってきたから」

それをチラリと見たかと思うと、黙って自分の机を指差す。そこへでも置いていけって言いたいんだろう。

ちょっと気まずいけれど、今日だけはきちんと自分から話を切り出さなくちゃいけないってわかっている。正樹はプリントを机の上に置くと、そのままベッドに歩み寄り明のそばに座った。

「あのさ、俺ちゃんと話がしたくて来たんだ。だから明もそのつもりで聞いてくれよ」

すると、明は正樹と視線を合わせないままボソリと言った。

「俺には話すことなんかないぜ。もう、いいよ。正樹はどうしても俺とつき合ってるなんて我慢できないんだろ。今まで悪かった。光が好きなら自分で言えよな。もう邪魔もしないし、学校でも構わないようにするからさ」

「なんでそんなこと言うんだよ」

いきなり決別宣言みたいなことを言われても困る。やっと本当に好きだとわかった途端に「さよなら」なんてあんまりだ。

「俺の話もちゃんと聞いてよ。俺さ、あれからいろいろ考えたんだ。自分の気持ちが自分でわからなくて、曖昧なまま明に引きずられてつき合ってたのは悪かったって思ってる」

「引きずって悪かったな。どうせ俺は、半分騙すみたいにしてお前を家に連れ込んで、既成事実を作った強姦野郎だよ。そのあげくにお前を脅して、縛りつけたりもしたもんな」

自虐的に言った明の言葉に、正樹はむむっと考え込む。そして、腕を組むとしみじみと言った。

「確かにな、そうやって改めて行状の数々を並べたててみると、お前って極悪人だよな」

自分もたいがいな真似をされていたもんだと、いまさらのように己の不遇に同情してしまう。

「でも、そんなことはこの際どうでもいいんだ。それよりも俺さ、やっとわかったから、自分の気持ち。それを言いにきたんだ」

そこまで言うと、正樹は両手を伸ばして明の両頬をつかみ自分の方へと向かせる。

「あのな、俺、明が好きだ。お前とキスするのも、抱かれるのも恥ずかしくないって言ったらウソになるけどそれでも好きだ。甘やかされたり、可愛いって言われたりしてると心地いいし、構われて、世話を焼かれていると幸せだ。だから一緒にいたい。ずっと一緒がいい」

正樹の言葉を聞いた明が心底驚いたような顔をしてこちらを見ていた。が、すぐにその表情が曇っていく。

「無理すんな。ウソ言うな。ついでに同情ならいらない。お前は光が好きなんだろ。キスするほど好きなんだろ。あのとき俺が入っていかなかったら、それ以上のことだってやってたかもしれないんだろ」

それについてはまったく反論ができない。

「うん。俺、光が好きだって思ってた。見た目に可愛いし、光なら連れて歩いても自分の自慢になるだろうなって思ってた。女の子を週替わりで取り替えてたように、光もそんな一人のつもりで口説こうって思ってたよ」

明が露骨に軽蔑したような顔をする。

「おい、そんなつもりなら光は…」

明の言おうとしている言葉はわかる。だから、あえてそれを遮り正樹は言葉を続けた。

「でも、あのときキスしたのは違う。あのときは失恋した光に同情してた。それと、明に抱かれて女々しくなっている自分が嫌だったから、自分だってまだちゃんと男らしいんだって納得したくて、それで光を抱こうとしてた。自分勝手な考えで、光にはものすごく悪いことをしたと思ってる。だからさっきちゃんと謝ったよ」

そう言って自分の頬を押さえる。

「一発食らったけどな、許してくれるってさ」

「ぶたれたのか？」

「ああ、学校の正門のところで待ち伏せしてて、いきなりバシーンってやられた」

それを聞いた明が、ちょっと心配そうな顔で正樹の頬を見た。そして、反対側の頬と見比べている。

「なんか反対の方が腫れてるような気がするけど…？」

「ああ、こっちは可愛い弟を虐めた分だって、もっとすげぇ平手打ちを食らったんだぞ」

それを聞いた明が驚きながら、なんだか申し訳なさそうな顔になった。でも、悪いのは正樹の方だからそんな顔をしてもらわなくてもいい。

「痛かったか？」

「決まってるじゃん。泣きそうなくらい痛かった。まだジンジンしてる」

「ごめんな…」

「俺が悪いんだもん。しょうがないよ。でも、慰めてくれよ。腫れてるところ撫でてよ。痛くなくなるまで撫でて」

明の額に自分の額を合わせて、そんな甘えたことを言ってみる。

「本当に俺のこと好きになってくれるのか？」

まだ不安そうにたずねる明に向かって、正樹はニヤ～と笑った。

「お前さ、光みたいな美少年になりたいって思ってたんだって？　マジ？　俺とつき合えるんならそんな人が羨むような面とガタイを捨ててもいいって、本気で思ってたの？」

明の頬がカッと赤くなったのがわかった。やっぱり本当だったんだなと思うとなんだか可愛くって、そして、おかしい。

「それ、光に聞いたのか？」

「こんなこと、他の誰から聞くんだよ」

そう言いながら、自分の唇をちょっと突き出して明の唇に触れてみた。久しぶりのキスに胸がドキドキした。

「女々しい奴って思ったんだろ？」

明が言う。正樹は小さく首を横に振ると、もう一度唇を押しつける。今度は明の唇を啄むようにしてやる。

「それなら俺も同じだ。俺、明に抱かれるたびに女みたいな声出して喘いでるんだもん。学校じゃ週替わりで別の女連れてるって言われた俺がだぜ」

そう言ってまたキス。ちょっとずつ唇を重ねている時間が長くなっていく。

「でも、正樹はそれが嫌なんだよな？」

「うん。今でも恥ずかしいし、どうして男なのにこんな格好させられてんだろうとか、なんで入れてなんてねだってんだろって思うよ。今まで散々女の子に言われてたのにさ」

二人してものすごく赤裸々で恥ずかしいことを告白し合ってはキスをする。一つキスをするたびに心も繋がっていくような感じ。

やがてどちらからともなく唇をしっかりと重ね合い、舌を絡ませた。口の奥の奥までまさぐってくる明の舌。そんなに必死にならなくても、もう自分は逃げたりしないのにって思った。けれど、正樹だって久しぶりにこうやって明に触れられるのが嬉しくて、やっぱり夢中になってしまう。

明に抱き締められた体がそのままベッドへと押し倒された。体の上に感じるこの重みが懐かしいような気がして、ちょっと恥ずかしい。

「俺、やっぱり正樹のことが大好きだ。長い間ずっと片想いしていてつらかったときもあるけど、今はメチャクチャ幸せだ」

明の言葉に正樹がたずねる。

「そんなにつらかったの?」

「ああ、最初はなんとなく人目を引く奴だなって思ってただけなのに、そのうちすごく気になるようになって、いつも姿を探すようになっていた。見れば見るほど正樹の何もかもがよくって、気がつけば夢中になってたよ」

そんな風に見られていたなんて全然気づいていなかった。それどころか、見れば見るほど腹が立つほどにいい男だと、正樹の方が明に嫉妬していたくらい。

「正樹が光のことを聞きにくるまでは、片想いのままでもしょうがないって諦めていたよ。男の俺に正樹とつき合うチャンスなんか絶対にないって思ってたからな。でも、見かけるたびに胸が苦し

くて、一年くらいはずっとつらかった」

「一年もつらくてよく我慢できたなぁ。俺にはそんな恋、できないよ」

その純情とせつなさに胸を打たれながら、正樹は明の顔をじっと見つめる。すると、明がはにかみながらも、少し沈んだ様子で言った。

「でも、結局は辛抱できなくなってしまった。光が好きだっていう正樹を、無理矢理自分のモノにしちゃったんだからな。俺には正樹の光に対する気持ちを責めたりする権利はないんだよな」

「だから、もういいって。そんなことより…、やろっか?」

そう言った正樹が照れくさくなって視線を逸らすと、明が聞いた。

「やっていいのか?」

「嫌って言ったらやめるのか?」

ちょっと考えてから苦笑を漏らして明が言う。

「やめない。やめないけど、正樹のいいようにしてやりたい。恥ずかしがらずにもっと気持ちよくなれるようにしてやりたいよ」

初めてのとき強姦した奴とは思えないようなセリフ。気持ちを押しつけるだけじゃなく、そんな風に思いやってくれる言葉が正樹の心にくすぐったく響く。

「大丈夫だよ。恥ずかしいのなんてそのうち慣れるさ。それに明に抱かれてても、俺は気持ちの中じゃ自分が明を抱いてるから」

　大きな迷子の子供を自分が受け入れてやっているような気分っていえばいいんだろうか。

「俺の頭の中でね、明はときどき十歳の子供に戻ってて、すごく可愛いんだ。そんな明を思って、俺が抱き締めてやっている気分になるのも結構楽しいんだ」

「十歳じゃまだ光と見分けがつかない頃だぞ。そんな頃の俺を想像してんの？」

「いいじゃん、それくらい」

　べつに本当に十歳の明を想像して、エッチするわけじゃない。ただ気持ち的にはそんな感じで、自分が明を甘やかしているんだって気分に浸っているだけだ。それでも、なんだか腑に落ちないって顔で明が言う。

「それじゃ今の俺自身を好きって言ってくれてるんじゃないような気がするんだけど…」

　グチグチと細かいことにこだわっているので、思わず上にのっかっている明の頭をベシッと平手で殴る。

「痛いっ。何すんだよ」

「細かいことに文句言うなら、俺はこのまま帰るぞっ」

　明が慌てて正樹を押さえ込もうとする。

「それはないだろ。ダメだ。絶対に帰さないからな」

「またそういう強引なことを言うし。俺は一方的に主導権を握られるのは嫌なんだってばー」

「そんなつもりじゃないけど、やっぱり今の俺を好きでいてほしいしさ」

せっかく仲直りしたのに、二人してまたつまらないことに意地を張り合ってしまう。

「抱かせろー」、「文句言うなら嫌だーっ」と言っては、がしっと両手を絡み合わせてベッドの上で心にもない攻防戦をやっていたときだった。

明の部屋の扉が開いて、お茶ののったトレイを手に光が入ってくる。

「あっ、ごめーん。取り込み中だった？　でもちゃんと仲直りできたんだ。よかったぁ」

ベッドの上で仲睦まじくイチャついていると思ったのか、光はいたってのんびりと言う。

そんな光に向かって正樹が、この傍若無人な弟をどうにかしろよとばかり叫んだ。

「助けてくれっ！」

と同時に、なぜか明も叫ぶ。

「助けてくれっ！」

（えっ…？）

なんでお前がそう叫ぶと、正樹は明を上目使いで睨みつける。すると、明はヌケヌケと言ったのだ。

「おい、光、助けてくれよ。こいつったらやってもいいって言っておきながら暴れるんだ」

◇◆◇

もしかして、この道はいつかきた道じゃないのか？

「こいつったらやってもいいって言っておきながら暴れるんだ」ってのはどういう言いぐさなんだろう。

「そうじゃないだろ、そうじゃゃ…」

と、明に向かって言うが、そんな間にも光はトレイを机の上に置くと、なぜかしょうがないなぁと溜息を吐きながらベッドにやってくる。それを見た正樹が焦って訴えた。

「おい、光、ちゃんと冷静に聞いてくれよなっ。俺が悪いんじゃない。このバカがわがまま言ってるんだぞー」

「わがままは正樹だろう。俺の子供の頃を想像してやりたいなんてさ」

「えっ、何、それ？　そんなこと言ってるの？」

光までが驚いて、目をむいた。とんでもないほどに自分の言葉を曲解されて、正樹は泣き出しそうになってしまう。

　ベッドに座った光はいつかのように正樹の体を押さえ込むと、上からのぞき込んできた。

「明の子供の頃っていったら僕と同じ顔じゃない。そんなにこんな顔が好きなの？」

　呆れたように言われて、正樹はそうじゃないとばかり必死で首を横に振るが、こうなると明も光も人の話は聞きやしない。

「押さえるんじゃなーいっ！」

　必死で叫ぶ正樹に向かって、天使のような微笑みを浮かべながら光が言う。

「ねぇ、こうしようよ。僕も協力するよ」

　そんな言葉を聞いて、正樹は頬を引きつらせる。いったい何をどう協力しようっていうんだろう。どう考えても嫌な予感。

「正樹は僕の顔を見ながら明に抱かれるのってどう？　それなら満足できるでしょ」

　何、それって言いたい。明としっかり愛を確かめようと思ってやってきたのに、なんでこうなってしまうのかわけがわからない。

「それ、いいかも。俺だって正樹を恥ずかしがらせたいわけじゃないしさ。光の顔を見て満足できるなら、俺はそれでも我慢するから」

　そんなのは全然違う、そんな我慢なんかするなと言いかけた口を光が塞ぐ。

「大丈夫だよ。ほら、恥ずかしがらないで、おとなしくしようね」

仰向けに押さえ込まれた体は例によってピクッとも動かない。でも、あのときとは違って、明に正樹の表情が見えるようにはしない。それどころか、光は正樹の口を塞ぎながら、その顎をちょっと持ち上げて自分の方へと向かせてしまう。

その合間にも明の手は慣れた手つきでせっせと正樹の制服を脱がしていく。シャツの前は開かれて、ズボンは足首まで下ろされ、さらに下着に手をかけられる。

（こ、これじゃ、前と変わらないじゃないかーっ！）

もちろん、そんな叫びが声になるわけはない。

「正樹、可愛い。大丈夫、久しぶりだからゆっくりやるからな」

そう言いながら明が正樹の股間に片手を伸ばして、ゆっくりとそこを握り締める。

「んぁっ、ううう…っ、んんっ…」

そして、もう片方の手は正樹の胸の突起をつまみ上げている。尖ってきたそこを見て、光が楽しそうに言った。

「女の子と一緒だね。赤くなって、こんなに立っちゃった」

恥ずかしがらないでと言いながら、明も光も寄ってたかって正樹に恥ずかしい思いをさせる。でも、そんな風に尖った胸に明の舌を這わされて、くぐもった喘ぎ声を漏らしている自分自身が一番恥ずかしい。

何もかも知り尽くしている明の舌は容赦なく正樹のいいところを責めてくる。どこをどうされれば正樹が我慢できなくなって、どんな声を上げるかまでわかっているのだ。

そんな明の舌が胸から腰を辿って、やがて股間に落ちていく。そのタイミングをはかったように光は正樹の口から手を離し、喘ぎ声を上げさせる。

「いやぁ〜、あっ、くぅ…っ」

メチャクチャ敏感になっているそこをくすぐるように嘗められたり、虐めるように吸われると、もうどうにでもしてっていう気分になる。

「うっ、明っ、明、ダメっ。もう、あうっ…。くうぅ…」

まるで自分の声に煽られるようにして、正樹は光の見守る中、明の口で達してしまった。しばらくぶりっていうのもあったけれど、やっぱり明はうまい。

正樹が上がってしまった息を必死で整えていると、光が言った。

「よかったみたいだね。じゃ、今度はうつ伏せにしてあげるよ。僕がこっちから抱いていてあげるからさ」

「ちょ、ちょっと、待ってよぉ。体がまだヘロヘロなんだってば〜」

正樹が言うと、明はクスッと笑みを漏らした。

「大丈夫だって。正樹は後ろを触ったらすぐ元気になるだろ、いつも」

そう言いながら、二人してすっかり力の抜けてしまった正樹の体をうつ伏せに返す。

「やっ、やだよっ。そんなの…」

ダメって言う前にまた光の手で口を塞がれてしまう。

最初に抱かれたときには無理矢理足を抱えられ、顔を持ち上げられた苦しい格好で挿入された。でも今日は四つん這いで、頭は光の胸にぎゅっと抱き締められている。

無邪気な微笑みを浮かべ、こんな快感もあるんだよと教えてくれているような光。そして、下半身は明の巧みな愛撫でまたとろけそうになっていく。

「正樹、随分後ろがやわらかくなってる」

そう言いながら、いつの間にか濡らした指を、ずずっと正樹の体の中へと潜り込ませてくる。

「あはっ、あぁ…んんんっ、んっ…」

もう、言葉にもならないせつない呻き声を漏らすばかり。

本当はこんな風にやりたいんじゃないって言いたいのに、体も頭の中ももうドロドロで何も言えない。もどかしさのあまり、気がつけば自分の目尻に涙が溜まっていた。そんな正樹の顔を見て、光が溜息混じりに聞く。

「どうして泣くの？　つらいの？　それとも気持ちいい？」

そのどっちもで、どっちでもない。もう自分でもよくわからない。

「泣かないで。大丈夫、後ろにもちゃんと入れてやるよ。女の子みたいに濡れて、入れやすくなるまで嘗めてから入れるから」

そういうことを言われるのが嫌って言ってるのに、どこまでも思いこみの激しい、無体な双子には通じやしない。

言葉どおり、明の舌はゆっくりと正樹の腰から尻へと這っていく。そうしながらも、ときおり高ぶる気持ちを吐き出すように正樹の太股を噛む。

「あんっ…。あっ」

それはもちろん力いっぱいじゃなくて、甘噛み。でもその刺激的な感覚にブルブルと体が震える。

同時に体の奥から甘い疼きが込み上げてきた。

(ど、どうしよ、どうにかなりそうなくらい、いいっ…)

そう思っている正樹の顔を両手で支えるようにして光が言う。

「うわっ、すごい。とろけそうな顔になってるよ」

それを聞いた明も、たまらなく興奮したような呻き声を上げながら言う。

「もっと気持ちよくしてやるからさ。だから、もうちょっと体の力を抜いてくれよ」

そう言いながら明は濡らした指を何度も抜き差しする。その甘い感覚に頭がボーッとしてどうにかなりそう。やがてどうしようもないほどの熱い高ぶりとともに、頭の中が真っ白にスパークし始める。

「嫌っ、もう、もうダメだっ」

「どうしてほしいの？」

明に聞かれて、必死で首を振りながら言った。

「ほしいっ。入れてっ。ちゃんと、早くぅ～」

そんなあられもない言葉を口にしながら見ているのは、目の前にある光の可愛い顔。光の顔は微かに上気していて、正樹を抱きかかえている胸の鼓動も速い。興奮しているんだってわかった。

正樹が明に抱かれているのを見て、胸を高鳴らせ、興奮を覚えている光。そんな顔を見ながら、下半身にはしっかりと明の存在を感じている自分。体の上半身と下半身が別々のものになってしまったような気がしていた。

「こんなのヘンになるよぉ～。どうにかなっちゃうよぉ」

正樹は明が与えてくれる快感に翻弄されながら、朦朧とした頭で目の前にいる光に唇を突き出す。唇が寂しかった、ただそれだけ。

なのに、光はいきなり抱き締めていた正樹の顔をパッと離すと言った。

「ほら、ダメじゃない。また、そういうことをしようとする～」

叱りつけるような顔をしてみせた後、光は明に向かって言う。

「明、そのまま背中から正樹の体を抱えて座ってごらんよ」

「えっ？」

そんなことされたら、明のモノが加減なく奥まで入ってきてしまう。それはちょっと怖い。

「ダメだって。それは、そんなのはダメッ」

「ダメじゃないよ。たまにはこういうのもいいでしょ。それとも、もう経験済みかな？」

全然経験済みじゃない。だって、明はどちらかといえば、正樹の顔を見てやりたがるタイプ。

夢の中でなら一度だけ、明の膝に座って、自分で腰を動かしていたことがある。けれど、あれはあくまでも夢。それに、あのときだって正樹は明の方を向いて抱きついていた。

なんて、この際どうでもいいことを考えていたら、アッという間に体を起こされてしまう。

「なんか光ばっかり正樹の顔を見てるのって悔しいけど、まぁ、しょうがないか」

そう言いながらも、子供を膝にお座りさせるような格好で、正樹を背後から抱き締める。そして、手探りでその場所を確認すると、そっと自分のモノをあてがった。

「あっ、いやだっ、ああ…っ。入ってくる…っ」

すっかり締まりがなくなっているような後ろが、ジンジンと鈍く疼いていた。

明のモノは、まるで正樹は自分のものだと主張するかのように、どこまでも深く入ってくる。そして、最後まで体を落とし込まれたら、下腹の辺りまで苦しいような気がして息がつまった。だから両膝を合わせて、どうにかして少しでも体を浮かそうと無意識のうちにもがく。

「ダメだよ、じっとして。ほら、こっち向いてごらんよ。実は僕も正樹のエッチな顔を見るのは好きなんだよね。すごくドキドキしちゃうんだもん」

そんなことを言われても、何も言い返せない。もう体が明でいっぱいになっていて声も出ない。

「正樹、前も触りたいから足開いて」

明がこれでもまだ足りないとばかり、そんなことを言う。その言葉を聞いた光も、しっかりと閉じられている正樹の両膝を見て笑う。

「ほら、ちゃんと足を開いていないと、明に触ってもらえないよ。ちょっとでも楽なように僕も支えていてあげるからさ」

光はそう言うと、正樹の膝裏に手をかけて強引に割り開いてしまう。すかさずそこへ明の手が伸びてきた。

「ああっ…、ううぁ…っ。だって、もうっ…もう、ダメだってぇ…」

「何、これ？　ベタベタになってる。さっき出したやつじゃないよな。またこんなになってるの？」

「そ、そ、そういうこと、言わないでぇ。ああっ…」

文句を言っても、明の手が股間を擦り上げて、先端の敏感なところを人差し指でつつかれたら、それも結局は喘ぎ声になってしまう。

「なんだかもう、つらそうだよね。明に動いてほしい?」

光に聞かれて一度は首を横に振ってみる。でも、本当はもう我慢できない。股間が熱くてどうにかなりそう。どうにかしてほしい。なのに、じっと奥まで入り込んだままの明のモノじゃ正樹も終われない。

「やっぱり、動いて。動かしてっ。もうっ…、イキたいっ、イカせてっ」

そう言いながらしがみついたのは目の前にいる光の腕。

正樹は自分から体を浮かせると、光の首に抱きついて、その細い肩に顔を埋める。泣き声混じりのせつない声を漏らすと、今まで足を投げ出すように座っていた明も、自分から体を動かせるように膝をついて体を支えた。

「光、正樹の体をしっかり支えてやってて」

そう言ったかと思うと、明が一気に自分のモノを引き抜こうと体を引いた。でも、完全には抜かない。入り口の辺りで少しじらしたかと思うと、今度は強引に奥まで戻してくる。それからはもう光の支えがなくちゃ耐えられないほどに揺さぶられた。

「ああーっ、んんっ、あぅ…ん」

不安定な格好で明を受け入れていた。でも、その不安定さまでがなんだか微妙な快感を生み出し

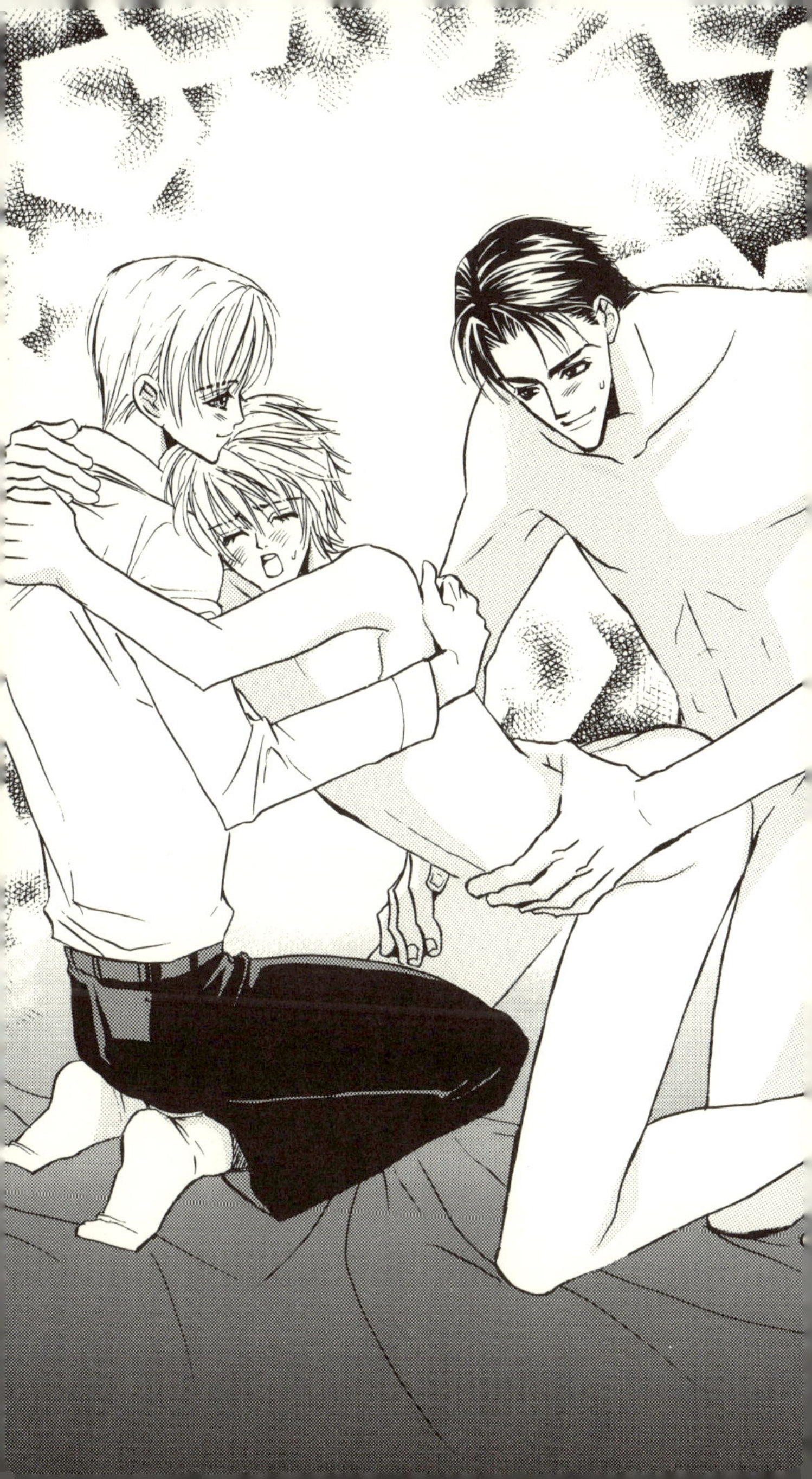

ている。

正樹の前髪を掻き上げると、うっすらと汗を浮かべた額を手の平で撫でてくれる光。そんな光に縋りつきながら、明の与えてくれる快感に泣いている自分。こんなのってどこかおかしいって思っていても、今はもうどうにもならない。

気持ちよくって、体が溶けてしまいそうになりながら正樹が言った。

「キスしたいよぉ、キスしたい…」

その言葉を聞いた光がちょっぴり意地悪な笑みを浮かべてたずねる。

「誰と？　正樹は誰とキスしたいの？」

揺すられ続ける体を必死で光に押しつけながら、嗚咽混じりの声で答える。

「明と…。明がいい。明とキスしたいよ…」

そう言った瞬間、明が正樹の中で弾けた。そして、正樹もまたシーツの上に堪えきれなくなったものをまき散らしてしまった。

◇◆◇

「お前さ、最近、なんか色つやがいいよなぁ」

良一が正樹の顔をみてしみじみと言った。

「そうか？　やっぱり、私生活が満たされちゃってるからかなぁ」

事実なのだ。女の子だって恋をしているときれいになるし、いいセックスをしていればストレスもたまらないから、肌の張りも艶もいいって言う。

正樹も先週末のバイトで、和明に髪のコンディションを誉められた。ついでに、撮影用の化粧のノリもいいような気がした。

「幸せそうな顔しやがって。見ててムカツク〜」

相変わらず女子大生のお姉様を口説き落とせないでいる良一は、拗ねたように言った。

「へへっ。明の奴ってマジでうまいんだもん。この俺様が泣いちゃうくらい」

そんな恥知らずなことを平気で言う正樹を見て、良一が瞼の上をまっ平にしている。

「お前らのセックスライフを俺に向かって自慢するんじゃねぇーっ」

「あれ、気持ちわりぃ？」

すると、良一はヘンとばかり鼻を鳴らすと言った。

「俺は高山がどんなにゲテモノ食いでも気にしないって言ってんだろ。あいつはもうダチだからな」

良一の言葉に、今度は正樹が目を吊り上げる。

「おいっ。俺はゲテモノか？　俺のどこがゲテモノなんだよっ？」

返事がないってのはどういうことなんだ。「冗談だ」と言いやがれっと、さらに良一を睨みつける。

あくまでもしらん顔をしている良一に向かって、正樹はべェーと舌を出してやると言った。

「お前にはゲテモノに見えててもいいんだよ。明は可愛いって言ってくれるから、俺はそれで満足だもんねー」

すると、良一が黙って手を伸ばしてきたかと思うと、いきなり正樹の頬をぎゅっとつねる。

「ヌケヌケとのろけてやがるのはこの口か？　ええ？　散々大騒ぎしたあげく、悩んで、落ち込んで、最後には開き直って言うことがそれか？　この宇宙一の迷惑者めっ！」

良一の手を引き離そうと暴れたら、さらに力を込められて、痛い痛いと大騒ぎ。そのとき、教室の入り口付近にいた生徒が正樹の方を向いて叫んだ。

「おーい、正樹、お迎えだぞー」

顔を上げれば、廊下の向こうから明が歩いてくるのが見えた。良一の手が離れ、正樹はさっさと帰り支度をすませると教室を出て行く。すると、クラスの連中のはやし立てる声が背中を追っかけてきた。

「正樹、あの美少年はどーしたんだよ？」

「やっぱり、カレシは高山なんか？」

「だったら、美少年の方は紹介しろよー」

光が明の兄貴だと知らない連中が、口々にそんなことを言う。

気持ちはわからないでもないが、お前らの手に負えるタマじゃないってのが正樹の本音。それに光はあの後、有香子ちゃんとヨリを戻したのだ。

明と正樹の熱烈具合を見て、奮起してもう一度交際を申し込みに行ったんだそうだ。

大原女子学園の前で有香子ちゃんをつかまえた光は、「こんな顔でゴメンネ」と言ったらしい。それを聞いた有香子ちゃんは吹き出した後、泣き出したという話。これで気持ちが動かなければウソだなって思う。

光ほどの美少年にそんな風に謝らせることができる女の子は、世界中できっと有香子ちゃんだけだろう。

これでまた四人でダブルデートできるなんて喜んでいる光。光が幸せそうだと明も同じ様に幸せそうだから、正樹も嬉しい。


「ところでさ、例のバイトの話、考えておいてくれた？」

その日、学校からの帰り道で正樹が明に聞いた。例のバイトっていうのは、和明に前から頼まれていた雑誌の素人モデルの話。

最初は二人の関係が和明にバレるのが嫌で黙っていたけれど、結局は明にその話を持ちかけていた。だって、明以上のいい男なんて正樹の周りにはいないから。

「俺、どうもそういうの苦手だからな。裏方の荷物運びとかならいいんだけどさ」

自分の見栄えの良さをいまいちわかっていないというか、利用しようとしないのは明も光も同じ。それでも光の方はソツなく人づき合いができるからいいけれど、明の方は相変わらず不器用なところがある。

「そんなこと言ってるから、友達が増えないんだぞ」

「いいよ。正樹さえいてくれれば…」

「どうしてそういうところはガキ臭いんだろうなぁ、お前って」

正樹が呆れたように言うと、明がちょっと拗ねたような表情を浮かべる。

「俺のどこがガキ臭いんだよ？　そんなこと言うのって、正樹ぐらいだぞ」

そりゃそうだろうと思う。学校じゃ生徒ばかりか教師にまであれこれと用事を頼まれてしまうしっかり者だけど、でも正樹だけが知っている明がいる。

正樹に構って、世話を焼いて、甘やかしてばかりいる明が本当は寂しがり屋だってこと。何をやっても明には勝てない正樹だけれど、でも、こんな自分でも明に何かを与えてやれる存在になりたい。

「大丈夫だって。バイトの日は俺も一緒に入るしさ。和さんは感じいい人だし。きっと楽しいからさ。それにバイト料も悪くないぞ」

「どうしてもって言うなら、正樹の顔はつぶしたくないし。行くだけは行ってもいいよ」

しぶしぶオーケーの返事をする明に正樹はにっこりと笑う。そして、少し背伸びすると、その頭を「よしよし」とばかり撫でてやった。

が、突然その手を止めてふと考え込んだ。

撮影当日はいろいろな人間がスタジオや現場に出入りしている。もちろんスタッフ以外にも他のモデルの男の子もいる。当然モデルなんかやるくらいだから、可愛い子だっていっぱいいるのだ。

「おい、浮気は認めないぞ」

いきなりそんなことを言い出した正樹を、明が怪訝な表情で見つめる。

「突然何を言い出すんだよ。浮気って、俺が誰と浮気するんだ？」

「いや、ほら、撮影のときは他のモデルとかもいるしさ…」

それを聞いて明がプッと吹き出したかと思うと、いきなり正樹を抱き締める。

「可愛いな、正樹。やっぱりメチャクチャ可愛い」

自分を可愛いって言う男が可愛いって思う。人が聞いたら男同士で何を言ってるんだって思うかもしれないけれど、でもどうしようもない。本当にそう思っているんだから。

「俺さ、やっぱり正樹が好きだ。ものすごく好きだ」

そう言った明に向かってにっこりと微笑むと、正樹は心を込めて言う。今までどんな女の子にもこんなに気持ちを込めて言ったことなんてない、単純で大切な言葉。

「俺も、大好きー」

おしまい

■あとがき■

ショコラハイパーでは初めてお世話になります、小川です。

こうして、この本を手にして下さった方、本当にありがとうございます。できることなら、一人一人の方の手を取ってお礼を言いたい気分です。

毎回、本を出していただくたびにそうは思っていても、結局どなたと顔を合わせる事もないまま孤独に仕事を続けている私。

というのも、小川は商業誌のみで活動していますので、どんな方が私の本を買って下さったかを知るのは、編集部経由でお手紙をいただいたときだけなのです。

この業界ではキャリアも長い方ではありませんし、極めて地味な存在で、おまけに書いているものもその辺にいても不思議じゃない連中の話ばかり。

小川の書く話はだいたいがこんな感じですが、もう少しだけせつなかったり、もう少しだけ年上の人を書いたりもします。

どんな話を書いたときも、主人公達が自分達なりに必死にあがいて、一生懸命考えて、やがて少しだけ成長していく様に共感して下さる方がいるといいなと思っています。

そんな中で、今回は久しぶりに脳天気な学園モノ。高松先生のキュートな挿し絵に助けられて、エッチなのに、可愛い感じの作品に仕上がっていてとても嬉しいです。

書き物をしていると、ほとんど家にこもりっきりの生活になってしまいます。ずっとパソコンの画面と睨み合っているのですが、ふっと視線を外したそこに自分の好きなモノが並んでいると嬉しくて、ホッとできますよね。私のパソコンの横には出窓があるので、そこには自分の好きなモノをズラリと並べています。

まずはサボテン。親指ほどの大きさのものを十年くらい前に購入して、今では高さ三十センチ以上、太さ十五センチほどに成長。株分けもして、元の親サボテンを「デーサボ」（でかいサボテンの意味）と呼び、子供の方を「チーサボ」（もちろん、小さいサボテンの意味です）と読んで可愛がっています。

それ以外には、お小遣いでチマチマと買い集めたアンティークの花瓶、器、ポットなど。もちろんこれらは「使ってなんぼ」とばかり、普段からビシバシ使います。棚に大事にしまっておかなければならないような高価なものは買っていないですし、これが私なりのアンティーク遊びだと思っていますから。

そして、アイロンワークの置物。壊れやすい陶器、ガラスも好きなんですが、壊れない鉄のモノも大好きです。金、銀、銅、真鍮など、デザインが気に入ると、どんなに重くても旅先から買って帰ってきてしまいます。その中でも特にお気に入りは狐の形のナッツクラッカーと、狛犬の燭台。狛犬と言えば、神社の鳥居の所に必ずいるあの怖い顔をした魔除けの犬ですが、私はあの狛犬が大好きなんです。今は縁あって中華街の近くに住んでいますが、中華のお獅子も大好き。

なぜ私が狛犬好きになったかと言えば、母親の影響なんですね。幼少の頃から神社に行くたびに母親が狛犬を見て可愛いと言うもんだから、いつの間にか洗脳されてしまいました。今では母親より私の方が狛犬に夢中です。

そんな風に、大好きなアイテムを並べて、それらを手に入れた日の喜びなんかを思い出しつつ、これからはどんなステキなモノ達に出会えるんだろうと想像したりするのも楽しいものです。

そして、ふぅっと一息ついたら、また仕事。仕事だって楽しくて仕方がないというくらい大好きなんです。

読者のみなさんとの接点はあまりにも限られている小川ですが、これからも一生懸命に仕事をして、誌面やノベルズを通してお会いできればと思っています。もし、感想など聞かせていただけたら、そのときは直接お礼も言えるので、とても嬉しいです。

それでは、またどこかでみなさんにお会いできる事を心より祈っています。

小川　いら

この本を読んでのご意見、ご感想をお寄せ下さい。
作者やイラストレーターへのお手紙もお待ちしております。

あて先

〒171-0021　東京都豊島区西池袋3-25-11 第八志野ビル5階
（株）心交社　ショコラノベルス編集部

# 純愛なのさっ！

2001年5月20日 第1刷

著　者：小川いら
発行人：林 宗宏
発行所：株式会社　心交社
〒171-0021 東京都豊島区西池袋3-25-11
第八志野ビル5階
（編集）03-3980-6337（営業）03-3959-6169
印刷所：図書印刷 株式会社